[美国]吉姆·凯尔高 著 赵建军 译

迷路的骡车
之 异乡不异客

时代出版传媒股份有限公司

安徽少年儿童出版社

图书在版编目（CIP）数据

迷路的骡车之异乡不异客 / （美）吉姆·凯尔高著；
赵建军译. — 合肥：安徽少年儿童出版社，2022.1
（2022.5 重印）
（国际少年生存小说典藏）
ISBN 978-7-5707-0365-4

Ⅰ.①迷… Ⅱ.①吉… ②赵… Ⅲ.①儿童小说 – 长
篇小说 – 美国 – 现代 Ⅳ.①I712.84

中国版本图书馆 CIP 数据核字（2021）第 044338 号

GUOJI SHAONIAN SHENGCUN XIAOSHUO DIANCANG MILU DE LUOCHE ZHI YIXIANG BU YIKE

[美国]吉姆·凯尔高 著
赵建军 译

国际少年生存小说典藏·迷路的骡车之异乡不异客

出版人：张堃　　策　划：高 静 宋丽玲　　责任编辑：高 静
责任校对：张姗姗　　责任印制：朱一之　　封面设计：孙 威
内文设计：侯 建　　绘　图：团 子
出版发行：安徽少年儿童出版社　E-mail:ahse1984@163.com
　　　　　新浪官方微博:http://weibo.com/ahsecbs
　　　　　（安徽省合肥市翡翠路 1118 号出版传媒广场　邮政编码:230071）
　　　　　出版部电话:(0551)63533536(办公室)　63533533(传真)
　　　　　（如发现印装质量问题,影响阅读,请与本社出版部联系调换）
印　　制：阳谷毕升印务有限公司
开　　本:635mm×900mm　1/16　印张:14　插页:1　字数:150 千字
版　　次:2022 年 1 月第 1 版　　2022 年 5 月第 2 次印刷

ISBN 978-7-5707-0365-4　　　　　　　　　　　定价:38.00 元

目　录

第一章　风暴

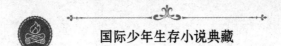

　　在返回途中，乔只在让那两头骡子休息和吃草的时候才停下脚步。另外，无论走到哪里，吃饭时他也会停下来。他一点点咬着此前爱玛为他准备的冰冷的食物，然后倒头就睡。不过乔故意不带毯子，也没有生火，因为他不想睡过头。尽管他累得够呛，无论躺在哪里都能打起盹来，但寒冷总是不断地唤醒他。

　　乔片刻也没有忘记自己把一家人抛在了身后的骡车里这件事，他们露宿河边，失去了他的守护。他必须尽可能提早一点回到他们的身边，因为他要保护他们。因此，他仅仅让骡子们稍微填一下肚子，稍微休息一会儿便立即赶路，他自己日夜兼程的辛苦不亚于两头骡子的辛劳。

　　尽管乔睡得很少，但他仍然时刻都保持清醒，对周围的情况保持着高度警惕。不带枪是不应该在这样的乡野穿行的，出发前乔把枪留给了泰德。所以一旦遇到任何紧急情况，他必须快速找到好方法应对。乔不认为会遇上什么麻烦，他们一路上

只在猎取食物时才需要用到步枪。乔冷漠地笑了笑。生活中，当人们缺少某种东西的时候，对那种东西的渴望就会油然而生。乔让两头骡子在一座小山丘的附近慢跑着，当骡子们朝前竖起耳朵，并从鼻孔里发出哼哧哼哧声时，它们一个滑步，猛地都停了下来。

在不到六十码①远的地方，一头体形硕大的熊死死地盯着他和两头骡子。乔强压着恐惧的情绪。他熟悉密苏里州的小黑熊，不过眼前这家伙绝对不是黑熊。乔隐约记得自己曾听说过这里有白熊，或是西部灰熊；但眼前这头熊的颜色却是苍白的。所有类型的熊都是残暴蛮横的家伙，而且体格极其强壮。这头熊看上去似乎不费什么力气就能杀死一头骡子或是让两头双双毙命。

乔没有催促那两头骡子，让它们俩往回快跑，而是让它们转身并朝右侧夺路而去。乔瞥了一眼，他看见那头熊跑了起来，一时间他认为熊是要阻断他的去路。接下来，乔微微一笑，身心松弛下来。因为他记得所有的熊听觉和视觉都很差。它们嗅觉敏锐，不过风是从熊那边吹到乔这边来的。也许在骡子们开始奔跑之前，灰熊甚至都没有注意到乔的存在，也许灰熊自己受到惊吓的程度与两头骡子的以及自己的，并没有两样。

在抵达那辆废弃的牛车所在的位置之后，乔首先收集了两摞扁平的石头。他把其中一摞垫在牛车的车轴下方，另一摞堆在前方几米处。在此之前，当他从一家人曾经扎营的那片树

---

① 码：英美制长度

林边经过的时候,他砍下一根树枝,现在那根树枝被拿来当撬杠用。乔把堆在前面的那堆石头当作支点,把撬杠插入车轴下方并撬起车轴。马车的前端被抬起来,乔把事先准备好的一根棍子撑在撬杠下方,让撬杠保持稳定。接下来,他把车轴下面的那撂石头垒得更高。

当需要拆卸下来的那只车轮不再接触地面的时候,乔把它拆了下来。乔抬起马车的另一侧,把那边的车轮也拆了下来,接着他把两个轮子打包好,放在骡子的背上。如果骡车再破一个轮子的话,他就不至于没有备用了。

在回来的路上,乔紧逼着两头骡子马不停蹄地赶路,一路上只停过两次。隔老远,他听到了爱犬迈克的叫声,他小心地朝前走去。不管怎样,泰德配备步枪了,乔不希望自己从远处走来看上去像一个准备偷袭的印第安人。接着,他听到泰德的呼喊。

"是爸爸! 爸爸回来了! "

乔把一切顾虑抛诸脑后,他大摇大摆地骑着骡子出现了。现在,他一身的疲惫似乎以某种神奇的方式消失了。此前,他一直很担心爱玛和他的几个孩子。在他的脑海中,他们曾经成了突袭的印第安人手下的牺牲品;他的四个年幼的孩子中的一个或是全部,掉进河里淹死了;那些大白熊当中有一头袭击过他们,一家人不知道如何生起篝火,他们因此饱受寒冷的侵袭;这些灾难以及许许多多他料想不到的灾难都已经降临到他们的身上。当他知道令他惊恐的那些事情并没有发生的时候,乔的担心便烟消云散,他长长地舒了一口气。

当乔让两头骡子一路小跑的时候，他对泰德的表现感到吃惊。早在密苏里州的时候，如果给泰德一支枪并叫他去站岗放哨的话，那他会对什么东西都乱开枪，或者故意制造一些让乔惊恐的声音。很显然，这个小家伙从俄勒冈小道，以及从被爸爸打屁股的经历中学会了他必须知道的很多东西。乔看到骡车，还有他的妻儿，他喊了起来。

"嗨！"

"你好，乔！"

爱玛送去一声亲热的问候，她的声音里没有流露出一丝惊恐的感觉。

芭芭拉从骡车上跳下来，跑向乔，她像小鹿一般轻盈。尽管穿着笨重的外衣，但她依然那么可爱。芭芭拉兴奋地挥了挥手。

"你好，爸爸！"

"你好，鲍比！"

乔骑着骡子来到骡车跟前，他让两头骡子停下来。他低头看着泰德："一切都好吧？"

"都好，没发生什么事。"

乔笑了起来："你从未交过这样的好运，不是吗？"

乔看着爱玛，他想从她的眼里发现她没有表达出来的一切。恐惧、孤独还在她的眼中徘徊，他知道妻子曾经为自己祈祷过。正如东升的旭日必然会驱散晨雾一样，因为丈夫终于回来，那种幸福感让其余的一切情绪都消散得一干二净。

"你吃过早饭了吗？"爱玛问道。

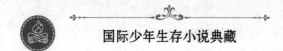

"吃过了,在离这儿很远的路上随便吃了一点。"

"可是天还没亮你就赶到这里了,我想你一定饿了。我去给你准备点吃的东西。"

爱玛生好火后开始煮水,她准备冲咖啡。她支好一个能放煎锅的三脚架,旁边放上三个鸡蛋。乔留神看着这一切。

"这些东西最好留给孩子们吃,你没有给他们留吗?"

"他们什么都不缺,我还有八只鸡呢。除一只母鸡外,其余的每天都下一个蛋。"

"它们肯定喜欢这种随车漂泊的生活。"乔煞有介事地冲着妻子眨了眨眼。

"我百分之百肯定,"爱玛答道,脸上露出了酒窝,"对小鸡们来说,这种日子过得挺不错的。"

孩子们抬头看着他们的双亲,他们正开怀大笑。

乔解开系着两个马车车轮的绳子,把它们从骡子的背上取下后斜靠在骡车旁边,他卸下两头骡子身上的挽具,把它们系在能吃到草的地方。乔兴致勃勃地看着眼前的一切,他觉得世界又变得美好起来。他坐在熊熊的炉火面前,吃着爱玛为他准备的早餐。四个年幼的孩子争先恐后地从骡车车厢里走出来,朝他们的爸爸跑过来。卡莱尔和小爱玛一边吃着早餐,一边心满意足地依偎在乔的膝头;小乔和阿尔弗雷德站在乔的两侧。

就在吃饭的同时,乔又焦躁不安起来,他觉察到了一种发自内心的想要尽快启程的强烈愿望。他们曾经在独立城逗留很久。当时他正在那里为杰克·费沃斯训练六头一组的骡队,接着他们陷入了湿滑的小道,随后因为车轮受损,大大延缓了他们的前进速度。现在,北风吹个不停,漫天的黑云翻滚升腾。不过,那两头骡子此前一直辛苦赶路,现在必须让它们吃饱喝足休息好,如果现在让它们继续上路,会很危险。前方的路依然漫长,这两头骡子必须处在良好的状态之下才能肩负拉车的重任。不过,乔可以利用这段时间先把车轮更换一下。

这里找不到扁平的石头,不过河岸边堆满了浮木。这些浮木当中,有纤细的小树枝,也有一棵棵巨树,它们随洪水漂流而下,堆积在这里。乔从中找到一棵可以当撬杠的巨树。他用一块木头作为支点,支起骡车。芭芭拉和泰德坐在撬杠的尾端,把骡车翘到适当的高度;在此期间,乔把更多的木头塞到骡车的前端。他更换了那个受损的轮子,接着又拿起斧头忙了起来。

小块的浮木是绿色的,因为洪水把几棵还在生长中的树连根拔起。那些枯死的树木当中有一些被水浸泡过,那样的木头乔就直接忽略。乔只想挑选那些干燥的、尚有浮力的木头,在他们渡河的时候,他要用这些木头让骡车浮起来。他把木头砍成自己想要的长度。乔把每根木头砍好后就放在原地,他朝河的上游慢慢走去,他在寻找更合适的木头和一处可以渡河的地方。

他在寻找一处舒缓的陡坡,没有断崖式落差的缓缓倾斜着的河岸。乔朝河里扔下一块木头,看着它缓缓朝下游漂去;据此,他知道水流并不湍急。他试图目测出水深,但河水太过浑浊,他无法看清河底。而且河床里还有可能隐藏着障碍物。乔回头看了一眼骡车,在确认过从骡车那里看不见他之后,他

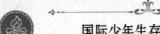

便脱掉了衣服。

乔的皮肤裸露在北风中,他浑身打战,不过他还是慢慢地踏入河水中。河岸与河床看上去都很硬实。乔感觉这里没有会阻碍骡子前进的、隐藏的障碍物。河水比空气要温暖些,水淹没到他的胸口,然后淹到脖子。乔游起来,所幸河水最深的一段大约只有六米宽,接着他又可以再次涉水前进了。乔爬上对岸。他仔细查看这一段的水情,看完之后,他认为可以让骡车从这里横渡过去。

乔穿好衣服,他朝骡车小跑过去。寒冷的北风和冰冷的河水把他冻麻木了,乔不得不快速行走,以便恢复血液循环。不过,当到能看见骡车的地方时,他又开始走起来。就如何保持得体的行为举止,爱玛有她坚守的原则:比如说光着身子,或是游泳过河,这些想法她从来都没有过。当乔大步跨到骡车上的时候,他吹起了口哨。过去的两个晚上他几乎都没有怎么合眼,但此时他也不觉得特别疲劳。

"现在万事俱备,"他高兴地叫起来,"我发现了一处新的过河的地方。你能把小鸡都捉起来吗?"

"哦,好啊,它们可听话了。"

"我先准备一小时左右,然后你再捉鸡,再把所有的东西都装到骡车里。我们马上要重新上路了。"

乔取下骡车前端的横木,在横木的后面拖上一根链条,并把两头骡子套上骡车。乔把骡子们赶到河岸边,再走到砍好的每一根木头旁边,将它们一一拾起来。乔用链条把这些木头尽可能多地绑成一大捆,然后把整捆木头拖到他要渡河的地方。

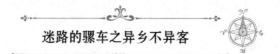

当把所有的木头都堆在那里的时候,他返回骡车旁边。

四个年幼的孩子都待在车厢里。当乔、爱玛、巴巴拉和泰德,在车厢下面及两侧,以及中间的那根牵引大梁上捆绑木头的时候,年幼的孩子们不是好奇地朝骡车的前面瞧瞧,就是朝它的后面看看。乔后退几步,冲着他们的手工作品笑了。他们给骡车绑上许多的木头,以至看得见的部分只剩四个轮子和顶棚。其实骡车本身就会漂浮起来;乔这样做只不过是希望能把河水挡在车厢外面,以免弄湿车内装载的东西。

"我从来没有料想过中途还得造船渡河。但愿我知道这个鬼地方叫什么名字,以及它所在的位置。不过,我知道我们是在去拉勒米的路上。我们出发吧!"

两头骡子沿着缓坡小心翼翼地下到河里,在将全身的重量踩在脚下之前,它们一边缓缓迈出步子,一边试探着前面可能出现的障碍。乔没有干涉两头骡子的行动,任由它们自己探路,他只在缰绳上稍稍用力。没有人能让一头骡子去它不想去的地方,也没有人能让一头想小心的骡子加快脚步。它们进入水中蹚着过河,直到水面贴近肚皮。它们继续小心地向前移动。接着,两头骡子开始游起来,它们把脑袋高高抬起,防止水流到耳朵里。随后,它们又开始蹚起水来。

等安全上岸之后,乔和泰德解开那些捆在木头上的绳索。他们根据车厢的承载量,朝车里扔进合适分量的木柴。他们没有忘记那一段只能靠拾牛粪当燃料的漫长而凄惨的路程。如果再次遇到没有树木的小道的话,他们会有木柴可以应急了。

那天晚上,一家人就在河的对面扎营,宿营地距离车轮受

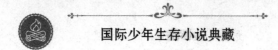

损的那处浅滩只有一步之遥。

次日破晓，地面铺上了第一场雪。浅浅一层，状如粉末，只比白色粉尘稍厚一点。积雪并没有完全覆盖附近小山上的野草，不过更远处的那些山丘似乎被完全覆盖了。被风卷起的细小的雪尘柱回旋着从小道上次第扫过，填满了车辙的凹槽。乔让两头骡子加紧赶路，他感到非常遗憾，此前要是给它们再多留些谷粒就好了。吃饱了谷子的骡子拉起车来才有力气，但是从独立城带来的所有谷子两周前就被吃光了。既然没了谷子，骡子们就得饿着肚子拉车。他必须快马加鞭，再也耽搁不起了。

泰德小跑着跟在骡车身旁，他慢慢落在了后面。乔等着他。

"你最好上车。"

"我的目标是走着去。我会跟上的。"

乔知道自己火气上来了，不过他还是忍着。一直以来泰德都表现得非常勇敢，他特别乐于助人，理所当然应该受到大家的尊重，"我们要赶时间，泰德。现在我们不得不加快脚步了。"

泰德沉默着，在他长满雀斑的脸上，可以明显看出他正进行着痛苦的思想斗争。

泰德突然什么话也没说就爬上了骡车，他在可以守卫车厢后部的地方坐了下来。看着泰德，乔心里充满了骄傲。爱玛曾告诉过他，他的女儿已经长大了；现在，他知道他的这个儿子也在成长。在这之前，泰德决心一路步行到俄勒冈，并为此深感自豪。如今，虽然是受形势所迫，但是，他能做到把家庭的整体利益放在他个人的目标之上,他已经成长了许多。

乔说:"你擦亮眼睛,看看有没有羚羊,行吗?要是看到了,你就大喊一声,我会把枪递给你。"

"好啊,爸爸。你想打野牛吗?"

"现在我们没有时间停下来屠宰野牛。"

除上坡路之外,乔始终让骡子们快步行进;而在所有的下坡路上,乔让骡子们一路小跑。两头骡子虽然块头大,但比起马蹄,它们的蹄子显得细长而且要小得多。此时,这点小雪对它们没有什么大的影响,但是道路如果被厚厚的积雪封死的话,那它们行走起来会比马行走起来感到更加吃力。

临近中午之前,天上始终都是阴云密布。接下来云破日出,大家终于见到太阳了。沐浴着阳光,大家的身上稍有温暖的感觉,但是北风依然吹个不停。不过,所有的雪都融化了,留下一条清晰可见的小道。小道上留下了骡车压过的车轮印子。

那天晚上,他们比平时提早半小时停车休息。尽管赶路很重要,但吃饱、休息好同样也十分重要。停车的地方有大量的牧草。两头骡子和那头奶牛可以吃个饱,为第二天的长途旅行做好准备。第二天拂晓,乔一家人就出发了。次日也是同样的情形。在第一场雪后的第十天,他们遇到了一个从西面①来的骑马者。乔环顾四周,他看了看孩子们所在的位置,接着他确保步枪放在触手可及的地方。他们离那个骑马的人更近了,他看到来者是一位白人男子。

---

①原著 P162 此处是东面,应该是原作者笔误。乔是西去,这个人迎面而来就应该是西来;而且后文出现这个人最终朝东离去。

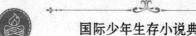

那个男人是个小矮个儿,比皮特·多姆利高不了多少。他骑的是一头模样俊俏的栗色马,相比之下,马的体形看上去显得十分高大。那个男人戴着一顶羊毛帽,披着一件用野牛皮缝制的大衣,牛皮上还留着牛毛。他的那条棉布长裤塞在有绑带的高筒鹿皮鞋里,浓密的长须垂至胸前三分之一的位置。他在马鞍的前面斜放着一支长步枪,后背上挎着一个小背包。

乔前倾着身体坐在座位上,他能感觉得到爱玛跟着自己一起向前移动。孩子们向前簇拥着,他们毫无顾忌地盯着眼前的那个人——那是自离开科尔尼堡之后的几天当中他们所见的第一个人。也许在俄勒冈小道附近曾经出现过其他人,不过就算曾有过人,他们也没有遇见过。片刻之间,这片乡野既不显得那么偏僻孤单,也不显得那么空旷无边。乔让两头骡子停下脚步,那个骑马的人让马停在他们的旁边。尽管来者个子不高,但说话时却声如洪钟,震耳欲聋。

"哦,天啊!移民!你们要干什么?是不是迷路了?"

"是的!"乔笑了。他的笑声中充满着一种纯粹的快乐,同时因为遇到路人一下子心情大好,"我们完全迷路了!"

"你们肯定是迷路了。你们知道自己比其他的移民落下多远的路了吗?"

"我们出发得太晚了。"

"你们该不会是要在这个季节赶到俄勒冈吧?"

"不,我们只到拉勒米。还有多远?"

"还得走上一程。我是昨天上午从那儿出发的。"

"这么说,岂不是我们明天就可以赶到那里了吗?"

"不知道啊,"骑马的人表示怀疑,"你们如果是骑马的话,那肯定没有问题。可是你们赶的是骡子,而且它们身后还拉着车,那你们就不得不用骡车的速度前进啦。"

"已经快到中午了,"爱玛大声说,"我们何不在这里吃午饭呢,我们邀请这位叫什么先生来着……"

"我姓盖斯特,夫人,"骑马的男子脱帽向爱玛鞠躬,"全名是约翰·盖斯特,能与你们一起用餐,我感到无比荣幸。我没指望过会在科尔尼堡这边遇上几个白人。"

乔走下骡车,转身去扶爱玛。当泰德和芭芭拉从车上跳下时,乔靠边避让。乔把四个年幼的孩子搂到怀里,帮着他们下车。即便没有乔的搀扶小家伙们也能下车,但是伸手帮一下的话,他们会下得更快。乔托着卡莱尔的身子将她放到地面上,这时他听到爱玛的说话声。

"盖斯特先生,这是我的女儿芭芭拉·托尔。"

"很高兴认识您,小姐。我想说,去俄勒冈的旅行车里应该多一些像您这样的姑娘!你们把这片乡野装扮得妩媚动人,风光无限!"

芭芭拉的脸上一片潮红,乔咧嘴笑了。虽然密苏里州的男人们说起话来直言不讳,但只有少数人才会像约翰·盖斯特这样率直。

泰德爬回骡车把木头扔在地上。与此同时,乔将两头骡子从骡车上解下来,不过挽具还戴在它们身上。他卸下骡子的辔头,把两头骡子系在能吃到茂盛的牧草的木桩上。当他忙完这些事情之后,泰德已经生起了一堆篝火,芭芭拉和爱玛正准备

着午餐。约翰·盖斯特神不知鬼不觉地溜到乔的身旁站着,他压低嗓门对他说话,把他吓了一跳。

"你打算在拉勒米过冬吗?"

"怎么了?"

"我可不是瞎掺和啊。如果你打算在那里过冬的话,其实并不关我什么事。驻扎在拉勒米的士兵们都是些正派人。不过呢,你可别招惹那么多的人啊,以免碰到一两个不那么厚道的家伙。还有啊——你的那个女儿可不是一般的漂亮哟。"

乔说:"我是打算在斯内德克商行过冬的。"

"那样最好。"

在俄勒冈小道上,这个来自西部的男人遇到了乔·托尔一家人。泰德注视着他,感到既钦佩又畏怯。芭芭拉和爱玛有问不完的问题,约翰·盖斯特大献殷勤,试图一一回答。

"拉勒米是不是一个很大的地方?"

"是的,那是一处有相当规模的驻军营地。"

"那儿的房子好不好?"

"那里的房子将与您在任何一个地方看到的房子一样漂亮。"

"拉勒米有白人妇女吗?"

"有啊,"约翰·盖斯特调皮地看了看芭芭拉,"此外还有一大群年轻的兵哥儿。"

"妇女的身上都穿什么样的衣服?"

对于这个问题,约翰·盖斯特犹豫了一会儿,最后他说她们穿的都是长裙。

　　乔越来越有精神了。在过去漫长而孤独的几个星期里，他们一家人只能你看着我，我看着你，有些时候，他们似乎成了这个辽阔的世界上仅有的人。亲密无间的生活让每个人在很早之前就具备了一种能力，那就是他们不只是知道对方要说什么，几乎连对方怎么想彼此都知道。于是，当他们遇到一个持不同观点的陌生人的时候，就像面对一杯冒着泡的葡萄酒一样，是一件令人兴奋且陶醉的事。

　　约翰·盖斯特此前一直在俄勒冈生活，等去独立城把事情办完了他就会回去。约翰·盖斯特告诉乔的家人，俄勒冈是一块风水宝地，托尔一家可以任意选择他们的住所，既可以与邻居们毗邻而居，也可以彼此相望。俄勒冈小道很长，但也不算非常难走，而且他们已经走过了相当长的距离了。当青草长得绿油油的，可以为他们的牲口提供草料的时候，如果此时从斯内德克商行立即出发的话，那么在赶到俄勒冈的时候，应该还可以种些庄稼。也许他们会遇上来自白人的威胁，但是来自印第安人的威胁应该很少。尽管有传言说会发生另外一次叛乱，但是直到今天一次也没有发生过，而且约翰·盖斯特认为今后也不可能再有。对于那些各奔前程并且不偏离俄勒冈小道的移民来说，印第安人并没有要滋扰他们的意思。不过，如果他们认为自己的私人狩猎场地被人侵犯了的话，他们可能会怒不可遏。所以乔去他想去的地方时一定要小心。他建议他们可以渡过拉勒米河，这条河在离驻军营地约一公里的地方，当前的小道与拉勒米河十字交汇。乔一家人可以在拉勒米营地休息。斯内德克商行位于拉勒米西面几公里的一个地方。

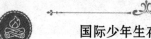

约翰·盖斯特贪婪地看着放在盘子里的最后三块小面包，舔了舔嘴唇。

"您再吃一块吧？"爱玛劝说道。

"不用了，夫人，谢谢您。"他彬彬有礼地谢绝了。

"我把这三块小面包抹上黄油，您带在路上当晚餐用。我们今晚会做新的面包吃。"

"那好吧，夫人，感谢您的盛情招待——这些小面包的味道胜过我吃过的任何蛋糕！"

约翰·盖斯特翻身上马，他向乔一家人挥手告别，朝东边的独立城方向骑去。乔全家人目送他远去，直到再也看不见他的身影。乔将两头骡子套上车，接着驾车驶上小道。现在，乔终于知道身在何处了，他们已经离拉勒米非常近了。就算明天他们赶不到那里，后天也一定会赶到的。

当晚，他们在一处沿河很近的地方扎营。半夜时分，乔感觉到一种莫名的惊异。他觉得要么是当前的某种东西不该是那样，要么是缺少了本该存在的某种东西。乔躺下好一会儿之后才明白过来，原来是风停了。这是一件不可思议的事情。几个星期以来，北风是他们形影不离的伙伴。乔轻手轻脚地拉开车厢尾端的两片窗帘布朝外看去。

风早就停了，雪已经开始下了起来。地上已是白茫茫的一片。鹅毛大雪悄无声息地飞落地面，就连撞击紧绷着的篷布的时候也没有一点儿声响。乔回到他睡觉的地方躺下来。这场雪将比粉状的碎雪大得多，也许会是秋后的第一场大雪。不过没有什么好担心的。拉勒米近在眼前，他们将很快就能到达那里。

爱玛在乔的肩膀上轻轻地碰了一下,乔再次醒了过来。他睁开双眼,发现黎明的脚步已经到来。乔笔直地坐起来,他端详着妻子满面的愁容。不用爱玛开口,乔就明白她为什么要唤醒自己。孩子又发热了,神秘的疾病再次降临小爱玛的身上。乔穿好衣服,心里既苦恼又害怕。在这之前,他没能为女儿干点什么;而现在呢,他同样没什么可干。不过,此前小爱玛每次发热的时候,她总是待在安全而温暖的屋子里。当前他们所在的地方是一望无际的平原,而且正面临着一场暴风雪。透过帆布幕帘,乔凝视着妻子怀里的孩子。

乔低声说道:"在拉勒米肯定能请到医生。"

乔从车尾的两片窗帘布中间把木头扔出去,接着他爬出骡车,生起一堆篝火。乔把那头奶牛牵过来挤奶。芭芭拉身上裹着外套,她扣紧纽扣,在准备着早餐。泰德来到火堆跟前;芭芭拉把食物拿给弟弟妹妹们。当她回来时,眼睛里蒙上了一层忧郁的阴影。

"妈妈只想要些牛奶。"

"今天你看能不能让弟弟妹妹们忙自己的事去。这样的话他们就不会来打扰你妈和你姐了。"乔对泰德说。

"可以啊。"

乔轻轻地说:"鲍比,你尽力而为啊。今天我们就能赶到拉勒米啦。"

"我来帮你驾车,"泰德自告奋勇道。他仰起他那张写满决心的苍白的脸。

乔的一只手在这个男孩的肩膀上稍微搭了一下,说道:

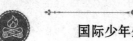
“我会让你帮忙的。”

爱玛在骡车里一边给病儿喂牛奶，一边祈祷着。每当小爱玛生病时她总是祷告：“老天啊，请您宽恕我们家的小姑娘吧。她是一个善良的孩子，长大后会是一位好妇人。我们会尽心竭力照顾她。要是您再能像以前那样，让她度过这场劫难该多好啊！”她轻轻地摇晃着孩子，祈祷之后，她一直在做思想斗争。小爱玛自己并没有要求来到这片荒野。是他们把她带到这里来的，可现在她生病了。有那么一刻，一个令人发狂的、可怕的瞬间出现在爱玛的脑海里——小爱玛病死了，孩子被埋葬在这无边无际的平原上，这个想法让爱玛忘记了呼吸。可是，不，不，不——她一定会再次好起来，她会健健康康地一边笑着一边在茂盛的草丛里跑着。爱玛把那张紧绷的、毅然决然的脸凑到发热的孩子跟前。仿佛借助于纯粹的意志力她就能把疾病、高热和痛苦从这个孩子的病体里驱离似的。爱玛在脑海里不断地祈祷，一遍又一遍：“我的天啊，请您宽恕我们家的小姑娘吧。”

雪下了厚厚的一层。被拴在木桩上的两头骡子站在距骡车仅五十米开外，它们身上积了一层雪，在白色背景下依稀可见它们身体的轮廓。当乔走上前的时候，骡子们抖了抖身上的积雪。乔用骡具拍掉那些还沾在骡子们身上的雪。乔把两头骡子牵了回来，接着套上骡车，随后他一边爬到泰德的旁边坐下，一边食指中指交叉着祈求好运。

在此之前，乔曾赶着那两头骡子一路奔波。除骡车之外，骡子们还拉着大量的东西，日行五十公里。不过，两头骡子当时吃的都是谷子,也休息得好,没有在雪地里拉车的经历。这组骡子天天拉着车,已经断了谷子,早已疲惫不堪。乔拾起缰绳,开始让它们快步前进。骡车的车轮在雪地里嘎吱嘎吱地滚动;骡子们迎着暴风雪,眨巴着眼睛。中午时分,乔停下车,燃起一堆篝火并让芭芭拉做好午饭。乔快速吃完饭,然后朝骡车里看了看。

芭芭拉让帆布幕帘一直垂着,小乔、卡莱尔和阿尔弗雷德站在幕帘的一侧。芭芭拉在那里伺候他们吃饭,三个孩子也是匆匆忙忙地把饭吃完,以便重新回到温暖的被窝里蜷缩起来。乔用手拨开幕帘朝爱玛看去,他突然若有所失,因为爱玛看上去好像已经离开了他。她的全部身心都扑在生病的孩子身上,乔强忍着悲痛。乔的脑海里突然冒出一个令他疯狂的、可怕的念头:他的这个最小的女儿的脸上绽放着天使才有的容颜。乔走到车厢的外面,他擦了擦前额的汗,咬紧牙关。今天晚上他们会赶到拉勒米的。

雪花下落的速度既没有加快也没有变慢。因为没有风,乔感激地舒了一口气。不过谁都不能保证今晚或是明天不会再起风。如果刮风了,那么他就不得不停下来,并从深深的雪堆里铲出一条道路,如果那样的话,就算是再过两天甚至三天,他们也不可能赶到拉勒米。在孩子发热的情况下,这种停滞不前是让人无法忍受的。孩子必须走出这个风雪天,因为她现在的身体状况不适宜待在这样的天气里。乔让两头骡子始终不停地快步走着,而没有让它们慢跑或是快跑。他们是否能赶到拉勒米,取决于他驾驭骡子的熟练程度。

地面上覆了一层七厘米厚的积雪。然而小道两侧的积雪平滑如镜。骡车在俄勒冈小道上留下了两道深深的车辙印。通过路面上的车辙,很容易看得出来,骡子拥有牛和马所不具备的对道路的探知力。不过两头骡子现在走得更慢了,当他们来到一处缓坡跟前的时候,乔让骡子们停下喘口气。

泰德说:"它们累坏了,爸爸。"

乔听到爱玛在给生病的女儿轻轻地哼着歌儿。"它们还能接着拉车。"他说。乔把骡车赶到缓坡的坡顶,他在那里又停了下来,并把缰绳交给泰德,"缰绳可要抓牢,明白吗?"

乔从骡车上拿出桶来开始挤奶。奶牛一边耐心地站着,一边配合着乔的动作,然后它朝后退去,直到牛绳绷得紧紧的。奶牛疑惑地看着他。奶牛知道到了该扎营的时候了,可是乔只是抚慰了它几下,并把挤下来的牛奶递给芭芭拉。

"开饭的时候,你能在车厢里照顾好弟妹们,还有你自己吗?"

"可以啊,爸爸。我们有牛奶,还有没吃完的抹过黄油的小面包。"

"好的,"乔看了看他的妻子,"她怎么样了?"

爱玛看上去很憔悴,她的眼窝好像都陷下去了,她回头看了他一眼。

"烧得很厉害。我们还有机会走出这场暴风雪吗?"

小爱玛的脸颊几乎晶莹剔透,她在睡梦中抽搐着。乔强忍着悲痛的心情,他再次体验了一种奇怪的感觉:天使们看上去应该就是这个样子。

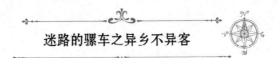

　　乔强颜欢笑着说："很快我们就要到拉勒米了。你不必担心。"

　　雪越下越大，上缓坡时留下的两道车辙印被雪填了一半，没有迹象表明暴风雪会减弱下来。乔从泰德手中接过缰绳；两头疲惫的骡子迈着沉重而缓慢的步子继续往前走。乔试图凝望前方的路，可是却只能看清几米远的距离，不过那不是因为大雪的缘故，而是因为天要黑了。乔又让骡子们停了下来。

　　"你觉得你还能让它们不停地往前走吗？"乔问泰德。

　　"我想可以。你要干什么，爸爸？"

　　"我要保证骡车不能偏离小道。"

　　乔把缰绳递给泰德，他从骡车上跃下，走入映着雪光的暮色里。骡子们有一种认路的本能。不过赶骡人的嗅觉更加敏锐，乔知道如果现在迷路的话后果可能会是致命的。乔走到这组骡子的前面，它们一边向前忽扇着一对长耳，一边不安地朝主人嗅了嗅。它们也知道该停下来的时候早就过了。乔朝骡子们转过身，并对泰德打起招呼：

　　"可以起步了。"

　　乔迈开大步，确保自己走在这两头卖力拉车的骡子的前面。他的心提到了嗓子眼，因为他必须以非常缓慢的步伐前进。骡子们使出浑身的力气拉着车，一般情况下它们本不必那样过度地使劲。可现在天已经完全黑了下来。

　　乔突然停了下来。他听到可潺潺流水声，他意识到他们来到了另一条河的旁边。如果再向前多走两步的话，他们就会走到河里去。乔的心怦怦直跳，他哆嗦了一下。约翰·盖斯特曾说过拉勒米河,他说那是一条可以蹚过去的河。如果还有另外一条约翰·盖斯特没有提到过,而他们可能无法蹚过的河的话,那结果会怎么样呢?乔犹豫了一下,然后拿起步枪。

乔站在河堤上,他把步枪的枪口朝天空笔直地举起来。当他开枪的时候,枪口处的火光照亮的只有飘落的雪花。枪响的片刻,两头骡子因为太过疲惫,除了慌张地迈开脚步,没有其他任何反应。乔专注地听着,为了能听得更清楚一点他一直让嘴巴张着。接下来看似有几个小时,但其实不过才十五秒钟,他听到远处有一声回应他的枪响声。十分钟后,黑暗中传来一声召唤。

"喂——"

"喂——"乔回应着喊道。

他听到了一声大喊——"你在哪里?"

"在河的对岸!我们能过河吗?"

"可以!看见我的灯光没有?"

"没有!"

"站着别动!我马上过来!"

一匹马在河里弄得水花四溅,并朝他们走了过来。突然之间,让人难以置信的是,在纷飞的雪花中,乔看到了那个骑马人手中拿的那一盏亮着的提灯。

乔喊道:"我现在看到你了!"

"直接朝我这边走吧!我等着你!"

乔爬到座位上,他从泰德手中接过缰绳,把两头骡子赶下了河。现在它们走得更加轻快了,它们似乎知道就快到达目的地了,乔认为没有人能把骡子一直蒙在鼓里。乔一家人知道旅程即将结束,在前方不远的地方,他们将找到食物和住所。此时他们可能都已经闻到那个驻军营地的气息了。

在河里走了一段距离之后，他们越来越靠近前来迎接他们的人。乔看到一位骑在马上的骑兵,他的手里高举着一盏提灯。那位士兵调转马头沿原路涉水返回。另有两名骑兵等在那里,手拿提灯的那位士兵在骡车的旁边停了下来。

"天哪! 有谁会在这样的一个夜晚赶路呢? "

"我必须赶到拉勒米。"乔解释说。

"你们快到了。你的骡子们怎么样? "

"它们累坏了。"

"跟我们来。我们走慢点。"

乔跟着三位士兵上了路,透过暴风雪,拉勒米的灯光照射了过来。入口的大门开着,那里有全副武装的士兵们把守,乔驾着骡车驶入用栅栏围起来的兵营中。手提提灯的是一位警长,他又来到了骡车的旁边。

"我们能借间营房落脚吗? "乔问,"和我们同行的还有一个生病的小家伙。"

"你们想上医院吗? "

"不用! "爱玛说。

士兵当中的一位骑着马在前面领路，乔让疲惫不堪的两头骡子掉头,跟在那位警长的后面走。军营里的灯火照亮了一扇扇窗户,乔让骡子们停下来。警长下了马。

"我们到了。把孩子们带进来吧! "

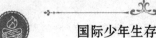

乔帮着爱玛从骡车上走下来，接着他们走进一位军官的营房。营房里生了一堆火，那是此前带路的那位骑兵事先为他们点起来的。营房里有几张简易床和几床毛毯。爱玛解开裹在生病的孩子身上的围巾。她四周打量了一下。爱玛看了看那位站在旁边，随时准备为他们提供帮助的士兵的那张和蔼而急切的脸；又端详起他们所在的这间房子里既耐看又结实的墙壁；她还打量了一下温暖的火堆，所有的孩子们很快就会围拢在它的旁边；她还看了看乔，她的丈夫像一只翱翔在她头顶上的苍鹰，保护着他们一家人。爱玛的脸上露出幸福的微笑。

"现在孩子不会有事了，乔。她需要的是烤烤火，好好休息。现在这些她都有了。"

"你想叫医生吗？"警长问道。

爱玛高兴地说："现在我们真的不需要。如果孩子病情恶化，那再叫医生来行吗？"

"当然可以。"

芭芭拉带着卡莱尔走了进来，那位警长转过身与她正面相迎。一时之间，不过也只是片刻而已，当一个欣喜地咧嘴笑在他的脸上出现的瞬间，他整个人放松了下来，那生气勃勃的军姿消失了。爱玛四周打量过一番之后，现在她绷紧的神经松弛下来了。

"警长，怎么称呼您？"

"我叫杜根，夫人。"

"谢谢您，杜根警长。这都是我们托尔家的人，这是我们的女儿芭芭拉。"

"小姐，我们热烈欢迎您！"杜根警长轻声地说。

乔把剩下的几个困倦的、不安分的孩子领进了房间。乔和杜根警长走到了室外，在这段时间里，乔让爱玛和芭芭拉安排孩子们上床睡觉。杜根警长用极其老道的眼光检查了那两头骡子。

"它们肯定都累坏了，"他表示同意地说，"我们最好把它们牵到马厩，那里有它们吃的干草料和谷子。那头奶牛牵到圈栏里去。"

乔满怀感激地让杜根警长替他照料那两头骡子和那头奶牛。

乔·托尔一家人顺利走完了他们旅途中的第一程。诸多苦难现在都已结束，一家人平平安安地走出了暴风雪。乔想和家里人待在一起，看着他们围着火堆取暖，和他们分享着在这个虽是临时却又十分美好的避难所里的幸福。

第二章　斯内德克商行

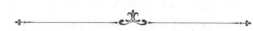

在此之前，乔·托尔一家的处境从来没有像现在这样好过，想到这，乔的脸上露出了微笑。小爱玛已经恢复了健康，一副生机勃勃的样子。没有人给托尔一家派过护理兵，但是在大多数情况下，那些不执勤的士兵当中总有四到十五个人会去托尔家串门。乔乐得合不拢嘴，眼里透着神采。一些军官和未受任命的士官已经有了家室；而一些现役军人，也有伴其左右的女人，乔推测这些人都已经结婚了。

　　拉勒米是一个前不挨村后不着店的驻军营地。大多数的战士们都很年轻，他们力求体验一种冒险的刺激，却发现一点儿都不够味。即使是去印第安人的乡村巡逻，一名士兵在去过多次之后也就觉得单调乏味，而驻军营地冬天里的任务就是例行巡逻。

　　把芭芭拉领到如此众多的、孤单的小伙子们当中来，简直让他们喜出望外：在此之前，那些士兵们从未期待过能见到一位姑娘。他们要等到来年春天，那些去西部淘金的移民们的长长的车队从兵营前经过时,才能见到姑娘们的身影。现在芭芭拉的出现,就像是在离敞开的火药桶很近的地方拿着一根火柴,具备了擦出火花的可能性。与此同时,还发生了许多让人笑破肚皮的故事呢。

在拉勒米使用的燃料是木头,但是乔此前并没有打柴或带木柴来。可是那只装木柴的盒子总是被填得满满的。一些年轻的兵哥们穿着制服,顺便到托尔家里来看看是不是还需要木柴,一天至少跑五趟。另外自始至终,托尔家的几只水桶的水满得都溢了出来。因为拉勒米的兵哥们坚信,没有什么能比最新鲜的水更好的了。当芭芭拉到小贩开的商店去的时候,总有兵哥们陪着,数量之多足以组建一支相当规模的巡逻队,回来时即便是最小的小包也用不着她自己拿。每天晚上,托尔家的营房里都挤满了战士,只要能接近芭芭拉,不论什么活儿他们都渴望去做。这些士兵们一直待到爱玛下逐客令为止。

乔不担心女儿的事。谁要是对芭芭拉说了句不恭敬的话,或是哪怕无礼的一瞥,必定会招来一大帮护花使者们的致命打击。乔把过冬的地方选在斯内德克商行而不是拉勒米,这虽是现实情况所迫,但他有更加理性的理由。昨天晚上,当芭芭拉去店里的时候,同是二等兵的哈格蒂和扬科斯基为了离芭芭拉更近,把对方打得鼻血横流,双双落了个熊猫眼。他们很快就要被关进警卫室。也许还发生过其他打斗事件。乔了解到,自从他们来了之后,二等兵布朗就没有给过下士莱斯特一个好脸色。每当布朗打算把水桶里加满水的时候,都被莱斯特抢先一步了。

29

乔大笑起来。爱玛坐在对面的早餐桌上,她好奇地睁大眼睛看着他。

"我刚才在想哈格蒂和扬科斯基这两个疯狂的孩子,昨天晚上他们为了鲍比打了一架。"乔解释说。

"你小声点,"爱玛朝卧室方向点头示意了一下,芭芭拉还在里面睡得正香,"她会听到的。"

乔压低了嗓门:"我不是故意要大声说话。在我看来,如果我们不赶紧把鲍比从这里带走,那些当兵的好像要发生内斗了。"

"是的,亲爱的。"爱玛心不在焉地笑了。乔发现她的心思早飞到别的地方去了。乔在椅子上将上半身朝后仰,懒洋洋地看着空盘子。然后,他起身拿自己的外套。

"你要出门吗?"爱玛问道。

"是的,我要把骡车整修一下。"

爱玛随口问道:"乔,你知不知道雨果·吉尔里这个小伙子的情况?"

乔耸耸肩:"走到哪我都能看到他。"

"可是你不知道他是从哪里来的吧?"

乔感到有点意外:"我要知道这些干什么?"

"你能不能调查一下?"

"你想想看吧,我总不能直截了当地走到吉尔里的面前,问他从哪来的,以前是干什么的吧。"

"你办得到的,"爱玛就此点拨他说,"你可以去问杜根警长或是邓巴警长。"

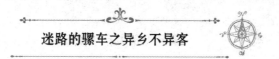

乔把爱玛好好打量了一番："你为什么想知道吉尔里呢，爱玛？"

她避开了他的目光："不过是女人的好奇心而已，你愿意去调查一下吗？"

乔无奈地说："那我就问问杜根或是邓巴吧！"

乔走了，爱玛独自坐在桌旁。自从在俄勒冈小道上度过那么长的时间之后，爱玛觉得在拉勒米的三天生活可谓奢华得令人难以置信。他们的营房温暖而舒适，居家用品一应俱全。木头的屋顶代替了骡车上的篷布。最舒心的是他们过了三天轻松、没有忧虑和紧张的日子。自从离开独立城以来，爱玛头一次睡上了安稳觉。此前他们不得不为半夜没有警报而时刻保持警觉。在这三天里，他们不必日出即起，整日舟车劳顿。他们有了缝缝补补、洗洗衣服的空闲时间。当爱玛认为该做饭了她就开始准备饭菜。然而，尽管拉勒米把他们从旅途的辛苦中解放了出来，但这个地方也给他们带来了其他的困扰。

乔认为没有替芭芭拉担心的理由，对此爱玛并不认同。在赢得芭芭拉注意的兵哥们当中，绝大多数人靠的是诙谐逗趣而非其他。比起密苏里州用毫无技巧的方式向芭芭拉求爱的那些乡村青年们来说，兵哥们除一部分人稍微年长之外，其他并没有太大的不同。兵哥们很容易就脸红心跳，有时还会弄巧成拙。他们对芭芭拉忠心耿耿，都想赞美心中的女神。芭芭拉既可以横眉冷对让他们心灰意冷，也可以回眸一笑让他们得意忘形。爱玛不知不觉又给自己倒了第二杯咖啡，她心里想着二等兵雨果·吉尔里的事。

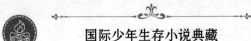

爱玛认为雨果·吉尔里大约二十六岁，年龄虽然不大，但比起绝大多数其他的二等兵来说，他还是要年长一些。雨果·吉尔里看起来文质彬彬，其谦谦君子的形象背后透露着他优越的背景和良好的教养；他对于说什么，怎么说，何时开口都拿捏得十分到位。他的言谈举止令人陶醉，不但吸引着男人们，而且让女人们也为之神魂颠倒。爱玛从来没有遇到过这样的人，她知道，吉尔里所有的魅力和谦卑，芭芭拉早就看在眼里了。

尽管爱玛的年龄与智慧足以让她看透一个人，并对这个人做出最终的评价，而不局限于只看到他外在的性格特征，但她还是无法抑制地产生一种惴惴不安的感觉，那就是吉尔里冰冷的眼神里透露出他内心的不安。作为一名在像拉勒米这样的军营里驻军的二等兵，在没有战争的情况下，爱玛最想知道的是，一个有着明显的教养和背景经历的人想干些什么。她觉得雨果·吉尔里可能是为了获得一点冒险经历而出来闯荡的，不过若仅仅只是为了冒险，那他为何那么大年纪才应征入伍？拉勒米兵哥们中的大部分人都比他要提早三到七年就应征入伍了。尽管这里也有几个更年长一些的有着自己职业企图的二等兵，他们身在其位肯定都有自身的原因，但是对于把当兵作为职业的绝大多数的士兵们来说，等到吉尔里的年龄时，他们都已经升为士官了。

卧室的门开了，芭芭拉走了出来。晨起后她还披散着头发，不过样子很可爱。

"早上好，妈妈。"

"早上好，亲爱的。你睡得好吗？"

"哦！"芭芭拉展开双臂，伸了个非常舒服的懒腰，"我休息得太好了！"

"我给你准备早餐去。"

"我去做饭，妈妈。"

芭芭拉洗好煎锅，把两片腊肉放到锅里，接着跪在火堆前。她在煎肉上打了一个鸡蛋，把锅里的东西盛到饭桌上，然后给自己吃的面包抹上黄油。爱玛朝女儿笑了笑。

"你的那些热情的求婚者们昨晚动起了拳头，这事儿你知道吧？"

芭芭拉轻蔑地说："是的，太傻了！我拦不住，他们非要那样出手伤人，让我丢尽了面子！"芭芭拉的脸沉了下来。"妈妈，他们会被关在禁闭室里很长时间吗？"

"我想他们要等到变成老男人之后才会被放出来。"

芭芭拉咧嘴笑了，她高兴地说："这事儿简直要笑死人了！"

"是的，"爱玛冷淡地附和着，"每当你给他们个好脸色的时候，就会有五十个甚至更多的单身小伙子要拜倒在你的脚下。"

芭芭拉笑了："妈妈，他们当中没有一个是真心的，大家都是在闹着玩！"

"那我就不知道了。向你求婚的已经有多少人了？"

"到目前为止有七个。约翰尼·帕尔、迈克尔·迪林、皮特·罗宾斯，这三个人想在兵役结束后就去俄勒冈找我。阿尔伯特

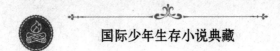

·约翰逊叫我和他去巴尔的摩——当然是在我们结婚之后！他的父亲在那里开了一家商店，我可以在里面当一名店员。来自缅因州的罗德尼·伯尔说的可就天花乱坠了，他有精彩的计划，他说他要在旧金山开办一家造船厂。罗伯特·史密斯和丹·扬科斯基想和我就在这儿结婚。"

"你对他们都说了些什么？"

"妈妈，我能对他们说什么呢？谁我都不想嫁。"

"我希望你没有伤害到他们的感情。"

"我都婉言拒绝了。"

爱玛满意地低头看了看桌子。芭芭拉不再是那个离开密苏里州时稚气未脱的小姑娘了。俄勒冈小道让她变得更加成熟稳重。饭后，芭芭拉十指相扣，顶着下巴沉思着。她盯着餐桌的对面，有那么一会儿没有说话。

然后，她说："妈妈，餐厅今晚有一个舞会，我可以去吗？"

"你的意思是你能挑出一个人来陪你去吗？"

"是雨果请我去的，"她像是在做梦一样地说，"他……他是如此与众不同。我……我无法对你解释清楚。其他男人跟他相比就像孩子一样。他家在纽约，要是把他对我说的关于纽约的许多事情都对你复述一遍的话，那得花上一年的时间。"

爱玛揶揄道："那他说起话来必须像竹筒倒豆子那样才行啊！"

"他是那么一个人，妈妈！"芭芭拉急切地说，她完全没有注意到爱玛话里的另一层意思，"他是我见过的最有意思的一个小伙子！"

　　因为爱玛知道自己不敢说别的，于是她说："好的，亲爱的,你去就是了。"

　　"谢谢你,妈妈。"

　　在大草原上赶路时，爱玛是不会把四个年幼的孩子单独留在一边的；不过在兵营里让泰德来照顾弟妹们她还是放心的。那天晚上，一支颇有水准的五人乐队伴奏,爱玛被丈夫搂在怀里跳着舞。也许乔已经查明了有关雨果·吉尔里的一些情况了,她等着乔跟她谈及这方面的事情。当乔对此只字未提的时候,她知道丈夫早把这事忘到九霄云外了。爱玛依次和杜根警长、邓巴警长跳舞,此外还有其他各式各样的人。她注意到年轻的兵哥们极力想和芭芭拉跳舞。

　　爱玛留意到女儿三支舞中的两支是和雨果·吉尔里跳的。接下来,芭芭拉还想和他跳。士兵们看着这一对舞伴,心里充满嫉妒和怀疑。爱玛和乔又跳起了舞,她知道丈夫非常疲倦。她对他一笑,更紧地抓住他的手,又看了一眼芭芭拉。

　　"我们可以走了,"爱玛低声说,"十五分钟后舞会就要结束了。"

　　"你不想跳到最后一曲吗?"

　　"不想,亲爱的。"

　　回到营房后,乔打了个哈欠,他开始洗漱。爱玛坐在桌边,一会儿瞄一眼摇曳的油灯,一会儿瞥一眼丈夫。

　　"我真的不累。我要等芭芭拉回来。"

　　爱玛很想走到窗前看看外面的情况,但她克制着这种冲动。她知道舞会已经结束了,可是还不见芭芭拉的人影。接着,半小时之后,她听到他们来到了房门口。爱玛等着,她不知道这样等是不是有错。她尽量不去听他们压低嗓门的说话声。不过,不可能听错的是,有人的脸上响起了响亮的一记耳光。

门开了,芭芭拉冲了进来。她的脸颊红彤彤的,一副怒火中烧的样子。芭芭拉看到妈妈后犹豫了一下站住了,她掩上身后的房门。

"妈妈!"

芭芭拉无力地扑到爱玛的怀里,不让自己哭出声来。爱玛用力地抱着她,温柔地爱抚着。芭芭拉抽身后退,用一块手帕捂住自己的脸。

"哦,妈妈,"她抽泣着说,"我原以为他是那么完美的一个人!可他太可怕了,妈妈,真让人讨厌!他竟然说出那种话!接着他就想……"芭芭拉又是一阵哭泣。

"谢天谢地,你总算知道他是个什么样的人了,"爱玛平静地说,"我从一开始就担心那个年轻人不正经。不过我知道,非得是你自己发现这一点才行。"

"不过他曾是那么的迷人,妈妈,那么的有魅力!"

"没错。"爱玛冷冷地说。

芭芭拉的脸上掠过一阵惊恐。"妈妈,"她低声说,"你可别对爸爸说。"

"你不想让他知道吗,亲爱的?"

"不想!那样我会没脸见他。我本该对雨果有更多的了解。我做事情就像傻子一样没有头脑,妈妈!"

爱玛轻轻一笑,"你还没到那个年龄,缺少恋爱经验很正常,鲍比。"

"哦,我知道,不过——我感到没脸见人啊,妈妈,请不要告诉爸爸。"

爱玛轻轻地点点头。说道:"不管你说什么,鲍比,我都会守口如瓶的。"

芭芭拉用一个热情的拥抱谢过妈妈。然后,她让爱玛为自己洗脸,把自己抱到床上去。

爱玛在女儿的床边坐了一小会儿,她一边握着她的被泪水打湿的、无力的手,一边抚摸着她,直到她错乱的呼吸变得有规律并缓和下来。女儿睡着了。爱玛的心里非常难过,不过那份悲伤中也夹杂着少许的快乐。鲍比受了伤害,不过伤痛也可以让她成长。要是她没有看清雨果·吉尔里的本质的话,她受到的伤害只可能比现在更加严重。通过这一场惊吓与痛苦的历练,他们可爱的芭芭拉将会成长起来。

乔想着心事。在过去的三天,当拉勒米兵营里但凡没有结婚的小伙子们个个都争着要和芭芭拉交往的时候,乔看在眼里,心中暗暗乐开了花。乔知道芭芭拉是那么可爱,不过他也知道,在死寂的没有一丝乐趣的冬天,不可能有年轻的女孩子来到拉勒米。待在这里的孤单的年轻人,像世界各地所有离群索居的年轻人一样都成了花痴,随便一个女孩子来到他们当中都会被当成女神。不过让乔自鸣得意的是,能像芭芭拉那样让这些兵哥们神魂颠倒的女孩子并不多见。

在此之前,乔看到鲍比总是对兵哥们报以欢快的笑声。不过今天上午,当三位士兵来邀请她的时候,她不像平时那样容

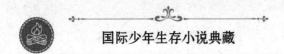

光焕发，而是一副异常清醒的状态。乔想知道女儿为什么会是那样一副态度，对此他是否应该做点什么，不过最后他认为，如果发生了什么重要的事情的话爱玛会告诉他的。他想起自己忘了问有关雨果·吉尔里的事情，并为此感到遗憾。他绝对不能再忘了，爱玛想知道那个人的情况。

乔利用在拉勒米休整的时间检修骡车，他让两头骡子吃饱、喝足、休息好。尽管它们身上没长一点儿膘，但是它们体形良好，和马厩中的任何一组骡子相比，那两头骡子看着都让人称心。骡子们做好了出发的准备，乔·托尔一家人最好是继续上路。尽管拉勒米有平民雇工，但是战士们干的都是乔喜欢的活儿：伐木、木匠活、饲养牲口等。如果托尔一家人想在这里住的话，他们可以在拉勒米度过这个冬天。他们可以继续住在现在的营房里，直到那个中尉，也就是这几间房的主人回来。这将是一个无所事事的冬天，他们将不得不购买他们所需要的各种生活用品。获得有偿工作机会的可能性很小，哪怕是想以工代偿的方式来支付他们的日用品也很难。

四个年幼的孩子在雪地里玩耍，头发花白的老警长邓巴陪着他们。邓巴在部队里待了一辈子。这是他第一次忘情地投入，此前他从未在其他情感上花费过时间。一个服役多年的老兵，几乎到了无法执行任务的年龄，现在他心神不宁，一脸的迷惑。军队不再需要他，他也得不到别人的妻子和孩子们的关心。通过与乔的四个小家伙忘情的游戏，邓巴暂时忘记了自己所面对的单调乏味的未来。只要能抽出一点时间，邓巴就会与孩子们待在一起，总是想着法子和他们做游戏。乔走到营房的

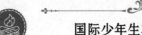
外面。邓巴从为几个孩子堆砌的雪城堡那里站起身。

"早上好,托尔先生。"

"早上好,警长。你看见我的女儿没有？"

邓巴笑了:"她和一群害了相思病的战士们去一个什么地方了。他们簇拥在她的身边,就像蜜蜂围着蜜罐一样。我不责怪他们。要是我年轻三十岁的话,我也会和她在一起的。不过和大家待在一起是安全的,你不必担心她。"

"我不担心。你觉得我那个有张雀斑脸的儿子怎么样？"

"他一直待在马厩里听士兵们给他讲与印第安人战斗的故事。希望他不要相信所有的故事都是真的。"

当邓巴看着孩子们玩耍的时候,他的眼睛里充满了慈祥和渴望。邓巴按照他认为适宜的方式度过了此前的大半生,如果各种境况不发生改变的话,也许他会以同样的方式再活一遍。乔敏锐地看着他。大半生的兵营生活并没有让他变得冷酷无情。不过只有现在,当为时已晚时,邓巴才有时间回想他本该做的以及本不该做的事情。他注视着那群孩子,那是上了年纪的男人的,一种极度渴望的眼神,他渴望那些孩子是他自己的。

乔突然想起他要问的事情。他问:"警长,雨果·吉尔里是个什么样的人,你能随便说说吗？"

邓巴毫不掩饰地看着他:"你问这个干什么？"

当想到这是家事的时候,一向能说会道的乔变得局促不安起来。不过乔知道自己不应该说出是爱玛在请他打听这个人的情况这个事实。

"我只是想了解一下。"

邓巴一脸严肃地说:"吉尔里是不是让你的女儿对他有了好感?"

"据我所知,他们彼此都有好感。"

"是不是……"邓巴挥了挥手。

乔说:"不,没有的事。"

邓巴轻轻地咬着他的下嘴唇:"吉尔里算不上是最好的战士,但也不是最差的。他从不打架斗殴,所以我无法告诉你,他在男女交往方面会是一个什么样的表现。"

"他是从哪里来的?"

"他家在纽约,"邓巴变得激动起来,"托尔先生,我打算告诉你实情,因为我相信你懂得该如何对待一个秘密。吉尔里来自一个富裕的家庭。现在他之所以在这里,是因为他惹了麻烦。"

"什么样的麻烦?"

"有姑娘不放过他。"

"哦。"

乔心情沉重地看着雪,他想起爱玛敏锐的洞察力。对乔来说,吉尔里不过是一个士兵而已。爱玛曾经怀疑过他,她是对的。乔一定要把他查明的真相告诉爱玛,好让她用自己的方式转告芭芭拉。邓巴打破了沉默。

"你打算留下来吗?"

"不,我想我们会在斯内德克商行过冬的。"

"你将听到拉勒米令人心碎的喧嚷声,"邓巴对他郑重宣

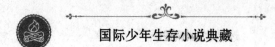

告，"你是打算在天气转好之后出发去俄勒冈吗？"

"你说得对。"

"我也有这个想法。到明年六月份我就服满兵役了。你知道，以前我常想着回波士顿，当我过上领退休金的生活的时候，我就抽着烟斗穿着拖鞋打发时光。现在我知道在波士顿我将找不到生活的方向。"

"你为什么不去俄勒冈呢？我听说那是一个地广人稀的地方。"

"好啊，"邓巴笑了，"我会在你家的旁边圈一块地，把全部的时间都用在和你的那些孩子们的玩耍上。"

"孩子们不会介意的。"

"我也不会介意的，"邓巴认真地说，"我希望自己能选择自己喜欢的生活方式。你什么时候走？"

"估计明天早上。"

"你不会遇上什么麻烦的。昨天一支巡逻队出去踩出了一条路。如果不是因为明天我要拉货，我会骑马与你同行。"

"也就是说，冬天你有货要拉吗？"

"哦，当然有。不过在这里冬天获得工作机会的可能性比夏天要小上三倍。所得的工钱也是夏天的三倍。从独立城把货拉到这里，冬季每磅的运费大概有三十二美分，夏天的话每一磅的运费略低于十美分。"

"呵呵！我正要买些生活用品呢！"

"拉勒米是囤货的好地方，"邓巴让乔相信自己所说的话，"在这里，只需要花上在独立城购物的价钱，外加到这里的运费,你就能买到任何东西。现在,你在这里能买到的东西,其运费部分还维持在夏季的价格。这比以前优惠多了。在拉勒米,我买过两美元价格的咖啡和糖,面粉一百磅卖四十美元。一些出售生活物资的贸易商行还在按这个价格交易呢。经营那些商行的山民们知道如何赚走从这里路过的移民身上的最后一分钱。这就是为什么最好是在这里囤货。"

"要是一个从此地路过的移民没钱了怎么办?"

"他们很多人没钱,或者他们至少嘴上是那样说的。但他们备足了一路上需要的物资。"

"喂,你快走,爸爸,"小爱玛命令道,"我们要建造自己的兵营了。"

"长官有令,"邓巴笑了,"我得报到上班了。"

乔又悄悄地回到一家人住的营房里。当爱玛从缝缝补补当中抬起头来的时候,她看到乔心事重重地皱着眉头。

他说:"那个吉尔里的情况我调查清楚了。他好像不是个正经人。"

爱玛的眼里没有流露出什么:"谢谢你,乔。"

"你不认为我们最好让鲍比远离那个家伙吗?"

她微微地笑了一下:"毫无担心的必要。"

乔看着她,一脸的惊愕。然后他没有把握地说:"在去马厩之前,我想我最好还是把这件事情告诉你。我大约会在一个小时后回来。"

"好的,亲爱的。"她继续平静地做着针线活儿。

乔走的时候心情不佳,不知怎么的,他此前一直表现得有

43

点傻里傻气的。他不解地摇了摇头。在对吉尔里一无所知之前,爱玛就曾经担心过他。现在,她知道自己此前的怀疑是有道理的,她看上去却好像一点儿也不担心。乔再一次确信自己确实永远都不明白女人的心思。不过聊以自慰的是,他相信爱玛会用自己的方式去掌控局面。

乔朝马厩走去。他要给两头骡子钉新的蹄铁,这件事情在这里更容易办到。因为拉勒米有一家设施完备的铁匠铺,从事各工种的匠人一应俱全,这些人在应对脾气倔强的骡子、马和牛的时候都是行家。轮到给那头母骡钉蹄铁了,尽管此前它总是要挣扎一番,但这次它没能得逞。给两头骡子钉的新的蹄铁上都有防滑刺,这样在雪地上它们将站得更稳。

芭芭拉正在栅栏远处的另一端察看兵营,围在她身边的还是平时的那些老面孔。乔认为,在此之前鲍比度过了一段美好的时光。爱玛也一直很高兴。警长德里斯科尔的妻子来自拉美,她对墨西哥城的庆祝活动以及令人兴奋的圣达菲①了如指掌,而在这个没有人气的地方她像蔫了似的,她急切地抓住爱玛这根救命稻草以求精神上的安慰。奈兹·德里斯科尔是一个漂亮活泼的女人,她热情洋溢地谈起了她所熟知的多姿多彩的各个地方,同时她还仔细聆听了爱玛对密苏里州的介绍。爱玛和奈兹·德里斯科尔的人生经历有着天壤之别,也正是这个原因,她们都觉得对方的经历很吸引自己。

乔来到马厩。马倌小组成员中的一位对他微笑着。乔记不

①美国新墨西哥州的州府。

起这个红头发的二等兵的名字。

"早上好,托尔先生。"

"早上好,孩子。你能借给我一把马梳和一把刷子吗?"

"您用不上这些东西,"红头发的二等兵对乔做出了保证,"因为我们把您的两头骡子的毛发都梳理清爽了。"

"哦,那太感谢了。"

"您去看看吧!"红头发二等兵邀请道。

当乔走近拴着那两头骡子的马厩时,骡子们友好地转过头,鼻孔喷着鼻息。在这之前,那个马倌小组的成员正在为一场列队游行做准备,他们本该在上校的那匹马的身上花费大量时间,可他们不但梳理了乔的那两头骡子的毛发,而且其细致程度真可谓是煞费苦心,一丝不苟。那两头骡子的皮毛闪闪发光,身上找不出一根凌乱的杂毛。那个红头发二等兵,一直稍稍隔开一段距离地跟在乔的身后,而且还努力装出一副很随意的样子。

"您看它们这样行吗?"

"好。我想说的是它们现在简直太完美了。毫无疑问,我得感谢你才行。"

"没什么,根本用不着谢我。嗯,我可以问您一个问题吗?"

"当然可以。"

"您打算在拉勒米过冬吗?"

"恐怕不行。我们打算到斯内德克商行去。"

马倌小组的成员们一致发出绝望的悲叹声。年轻的士兵们围在乔的身边发表着自己的观点。他们希望自己的观点有

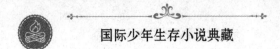

强大的说服力——比起斯内德克商行,拉勒米更大、更好,生活也更舒适。这里可以提供比斯内德克商行多得多的服务;而斯内德克商行只不过是一个交易站点,其中的总店还构筑了防御工事,以抵挡印第安人的突然袭击。说到这儿,假设他们真的发起突袭,那乔该如何是好,吉姆·斯内德克,也许赶巧还有在斯内德克商行周围的一个什么人,他们能保护乔的一家人的安全吗?斯内德克商行是孤零零的一个地方。乔应该仔细考虑每一件事情,然后做出合乎情理的选择——在拉勒米度过这个冬天。当乔问及芭芭拉是不是与他们热切的希望有什么关系的时候,士兵们愤怒地回答:当然没有!他们考虑的只不过是,在这周围到底选择在哪里过冬是最为理想的。

乔离开了垂头丧气的马倌小组的成员们,朝军中小贩开的商店走去。在西去的路上挣钱不容易,即便加上杰克·费沃斯付给他的工钱,乔身上也已经所剩无几了。不过,钱并不是最珍贵的东西。冬季就在眼前,即使是在最艰难的几年里,乔·托尔一家人都忠实地遵守着年终圣诞的习俗。乔在柜台之间转来转去。他买了一条精致的围巾,这条围巾也许是先从墨西哥来到圣达菲,然后再从圣达菲来到拉勒米。在确保没有别人看到的情况下,乔小心翼翼地把那条卷起的围巾塞到恰好能放进他的工具箱的一只小盒子里。那之后,他叫上爱玛,两人一起返回那家商店。

夫妻俩在商店里走来走去,爱玛为孩子们挑选圣诞礼物。店里有产自墨西哥的另一件商品:一只镶嵌着绿松石的银手镯。爱玛买下来要送给芭芭拉。乔心里一边想着泰德,一边渴望地看着那些步枪。步枪都很昂贵，他们舍不得花上那么一大笔钱。当爱玛为泰德选中了一把短柄小斧时，乔点头表示同意。他们为小爱玛买了一个洋娃娃，给小乔和阿尔弗雷德买了配有钝箭的小弓。他们还给卡莱尔买了一匹木马——那匹马也许是某位士兵雕刻的，并给它涂上鲜亮的颜色。他们把礼物放进爱玛的行李箱内之后，又回到商店里采买生活日用品。

第二天早上，当乔赶着两头骡子从军营栅栏的西大门走出，并沿着俄勒冈小道朝前赶路的时候，拉勒米每一位能暂时放下手头工作的士兵都赶来为乔一家人送别，他们个个心情沮丧。一些士兵在他们身后列队而行，芭芭拉和她的追求者们走在一起。直到芭芭拉爬进骡车之后，护送她的兵哥们才遗憾地返回营地。

乔一家人沿着由骑兵巡逻队踩出来的小路走了两个小时，他们一路上相当的沉默。在这条小道上，在经历几个星期的孤独的旅行之后，他们在拉勒米做了短暂的停留，那是相对快乐和绝对安全的一段时间。现在他们又回到了俄勒冈小道，谁都无法预知摆在他们前面的究竟会是什么，这个想法让他们不得不时刻保持头脑清醒。

芭芭拉没有回头看。她脑海里留下的是与雨果·吉尔里在一起的画面。尽管雨果有魅力，但他待人无礼，而且肮脏下流，只会让人作呕罢了。一想到他粗暴地将自己揽进怀里，芭芭拉的脸就红了——哦，现在她是多么恨他！

然而，随着骡车平稳而缓慢地前进，有一张脸一次次闯入了鲍比的眼帘，那不是别人的，正是雨果·吉尔里的那张脸。

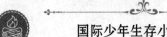
爱玛注视着女儿,她意识到有什么东西已经和以前不一样了。不知怎么了,在经历拉勒米事件之后,芭芭拉对即将迎来的新生活的渴盼的心情不如之前那么激动了。她温顺地、静静地坐着,陷入了沉思。这个可爱的年轻人的头脑里在想些什么?爱玛叹了口气。没有人能猜到芭芭拉的所思所想,也许,即便是她自己也不明白自己内心的想法。

地上大约有十厘米的积雪。此前的天气虽算不上酷寒,但气温一直徘徊在冰点以下。因为一直没有解冻,所以地面整个儿都是那么硬挺。地上的积雪还是那么柔软,骡车驶过,留下两道深深的车辙。两头骡子稳稳地拉着车,乔让它们互换位置,这样两头骡子就可以轮流沿着由骑兵巡逻队踩出来的道路前进。两只乌鸦扑棱着翅膀从俄勒冈小道上横飞过去,它们在一棵孤零零的松树上停下,张着嘴巴叫个没完。为了满足孩子们的心愿,乔让骡车停了下来。

泰德兴奋地叫道:"爸爸,你看!"

在一座小山的山脚下的一侧出现了一座小屋。正当乔转身的时候,从小山的后面走出一头野牛,它好奇地盯着骡车。另一头野牛跟在它的后面,接着又出现了一头。接着,其余的野牛一一进入他们的视线,这群野牛站在雪地里,一共有二十二只。泰德大气不敢出,他看了一眼步枪,但是并没有采取行动,他们在拉勒米已经买了牛肉,一路上所需要的物品都备齐了。现在打野牛的话至多只是练练手而已,空耗弹药和浪费牛肉。所以乔觉得没有必要开枪。那群野牛对骡车注视了一阵子,然后开始刨积雪,寻找雪下的小草。

乔笑了，他听到芭芭拉咯咯的笑声。当他们赶着骡车从野牛身边经过时，爱玛在座位上转过身去对它们端详了一番。这群野牛的出现提醒他们将再次过上一种流浪般的生活。孩子们一旦开始做游戏，就傻笑、喧闹个没完。泰德一言不发地靠在座位上，专心地看着眼前的风景。

这是一条虽有积雪但行走起来并不十分困难的小路，两头骡子因为此前休息得好，所以此时它们迈着欢快的步伐。乔任由骡子们按自己的方式前进，他只是漫不经心地看着它们。那些对骡子的习性稍有了解但却很少赶骡子的人，常常会打趣说骡子们有一种幽默感。而其实了解骡子的人知道，它们只是性情顽劣的家伙。骡子们确实喜欢捉弄赶骡人，它们知道，站在骡车牵引杆的两侧，比被套上拉犁的时候更容易让挽具缠结在一起。不过它们只在拉着一辆满载的骡车的情况下，才会趁赶骡人变得懈怠的时候偶尔玩些消极怠工的花招。

爱犬迈克此前一直稳步跟在骡车的后面或是一侧，现在它忽然蹿到前面去了。迈克竖起毛发，发出一阵低吼。迈克没有偏离骑兵巡逻队踩出的道路，它沿着小道向前跑了大约五十米，然后停了下来。乔停下骡车。

"你把狗叫回来。"乔对泰德说。

"咦，怎么回事？"

"不知道。你把狗叫回来。"

泰德吹了一声口哨。迈克每走几步就停下来回头看看，它不情愿地重新回到骡车旁。乔递给泰德一根绳子。

"最好拴住它。"

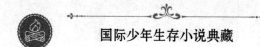

"哎呀,爸爸,如果……"

"拴住它。"

泰德跳进雪地里,把绳子系在迈克的脖子上。边克的毛仍然竖着,它绷紧绳子,沿着小道朝前奔去。乔密切关注着事态的发展。迈克是一条热心的猎犬,只要是不比长腿大野兔更大的动物它都会积极猎取。它并不是害怕体形更大的动物,而是因为它足够聪明——它知道有些动物对它来说体形过大,它没有把握,因此很少关注。很明显,现在它所嗅到的要么是它想追捕的动物,要么是将引发一场激烈战斗的东西。现在连两头骡子都觉察到了。骡子们抬起头,向前一边竖起耳朵,一边注视着前方。乔瞥了一眼步枪,确保火药筒和子弹袋放在触手可及的地方。

眼前出现三个印第安人,他们骑着棕色小马,从那座小山周围走过来并朝着骡车前进。此前那座小山将他们隐藏了起来。两只没有什么特色的狗跟在他们后面。乔左手握着缰绳,空出右手,以便接下来做出应对的动作。他敏锐地看着逐渐靠近的三个骑手。

三个印第安人一副粗野蛮横,趾高气扬的模样,样子挺吓人的。他们穿着鹿皮长裤、鹿皮鞋和野牛皮大衣。头上戴着兽皮帽。他们骑在小马身上,一副从容不迫、傲慢无礼的样子,很少有白人男子能表现出那种气势。他们每个人在马鞍上都摆放着一支长步枪。

那三个印第安人没有左顾右盼,甚至连一个眨眼的多余动作都没有,那说明他们看到了这辆骡车和车上的人;他们拐弯绕过骡车并沿着小路继续前进。迈克朝他们的狗猛冲过去，泰德使出全力拉着绳子让迈克停下来，但这也丝毫没有惊吓到那两条狗、三匹马和马背上的人；三个印第安人没有回头看一眼就消失在另一座山丘的附近。乔停下骡车，好让泰德到车厢里。

"哎呀！"泰德倒抽一口凉气，"那会是一支远征队吗？"

"肯定是的。"乔说道。

不过乔知道那不是远征队。虽然他不熟悉西部的印第安人，但是乔听说过远征队的士兵们脸上都涂着颜料，头上还顶着发髻。不过这种说法真假难辨。一个人如果完全相信道听途说的东西那他就太蠢了。不管怎么样，远征队是不会那样若无其事地在那条容易被人发现的小道上骑马行军的。也许他们不过是要去拉勒米的三个印第安人。然而在西行的途中，泰德急切地想经历一场惊天的冒险，至少让他觉得自己曾经与它擦肩而过却没伤着一根毫毛。

"你很聪明，爸爸！"泰德轻声地说。

"你为什么这么说？"

"如果老狗迈克挣脱绳索撒腿跑开，像它期望的那样与那两条狗激战一场，那会怎样呢？首先就是噼里啪啦一阵枪响！他们肯定会帮他们的狗，我们也会把对方打得落花流水！"

"那是肯定的。"乔同意儿子的说法。

泰德低沉的声音里面透出一种失望的情绪，乔自个儿笑了。这个小家伙除了吃饭、睡觉，一路上总想着要与印第安人大战一场。他可以有自己的梦想，但只要乔还能掌控局面，他

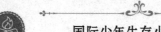

不会让和人打斗的事发生的。乔只想顺利抵达俄勒冈,中途若发生任何有碍于实现这一目标的事情,少说也是一种恼人的添乱。他想尽办法不让一家人置丁危险之中,在他看来任何把他们置于危险之中的做法都将是不可原谅的。

乔一家人停下来吃午饭,接着继续赶路。当乔闻到木头发出的烟火味的时候,离天黑还剩两个小时的样子。五分钟之后,他看到了斯内德克商行。

斯内德克商行位于小道的一侧,四面被群松环绕。离商行较远的地方是几座被雪覆盖的小山,山上散布着一些松树。主建筑是由粗重的原木搭建起来的坚固的构造物,它位于一座建筑群的中心位置。那一组建筑也许是被当成仓库、马厩和宿舍来使用的。大约两百米开外,正在雪地里吃草的一小群马扬起脑袋,看着两头骡子走了进来。它们是印度小马,瘦削而且憔悴。一头老骡子独自在一边吃着草。用原木搭建起来的围栏的一侧站着三匹非常俊美的马。也许它们是斯内德克商行的某人的私人坐骑。

乔让两头骡子掉头离开小道朝商行走去。四周一片寂静。乔停了下来,当他转身面向爱玛的时候,他想用笑容掩饰自己的不安。拉勒米实际就是一个小镇;但是与斯内德克商行相比,它更像一座城市。乔按捺住性子,他们本可以选择在拉勒米过冬的,现在他已经开始怀疑自己选择在这里过冬是否明智了。乔安慰自己,他们还可以再回到拉勒米。乔把缰绳交给爱玛并从骡车上跳了下来。

"我去了解一下情况。"

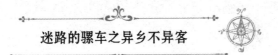

　　乔看到这处交易商行开了一扇扇小窗，所有的窗户的位置都很高。商行的门是用手工砍削、加工的大块木料或刻或凿，粗制滥造出来的。乔皱着眉头看着这扇门。他自己是一个好木匠，他相信这扇门是一个没什么手艺的人或是一个做事马虎的人拼凑出来的。接下来，乔发现那扇破烂的大门并非一开始就是那个样子。门上还保留着被斧刃和子弹攻击后的刀痕与弹孔。子弹无法完全穿透大门，这表明斯内德克商行此前肯定受到过攻击。乔拨开门闩，走进阴暗的内室。

　　这幢建筑又长又矮，地上铺着木地板，地板离地面有相当一段距离。一个人想从室外够到那些小窗户是很困难的，不过由于那些架空抬高的地板，任何人都可以站在那些窗户旁边朝外射击。室内摆着柜台和货架，不过上面都没有堆放太多的东西。有一个巨大的石砌的壁炉，壁炉里大块的木头发出噼啪的爆裂声。壁炉的上方是一副架子，架子里摆放着六支长步枪。室内一侧是一堆加工处理过的牛皮袍子。几盏未被点亮的提灯挂在天花板的横梁上。随处可见被烟熏黑的几支蜡烛被自身融化的烛水粘在几只浅碟里。

　　"您有什么事吗，先生？"

　　乔看到的是一个精瘦的年轻人，一头乌黑的直发。看起来十分灵活，他优雅又从容地从壁炉旁的一把椅子上站起身。他穿着一件粗布衬衫，一条粗布裤子和一双皮鞋。这个年轻人瘦瘦的脸颊，高高的颧骨，棕色的眼睛。他死死地盯着乔，两眼带着一种幽默的眼神。这让乔坐立不安。这个年轻人应该不会超过二十岁，他让乔不愉快地想起了泼辣的珀西·珀尔。

乔说："我叫乔·托尔。我找吉姆·斯内德克。"

"我这就去叫他,托尔先生……"

还没等他把话说完,一道幻影穿过一扇打开的门,朝建筑物的后面走去。来者身材高大,瘦削到了极点。他的头上戴着一顶兽皮帽,没有理过的黑白混杂的头发从帽檐下四散开来。他穿着华丽的流苏鹿皮衫和鹿皮裤,但赤着一双脚。状如皮革的脸上长满了白花花的胡茬儿。胡茬儿上方是一对蓝蓝的眼珠,那双眼睛看上去很空洞,但奇怪的是它们像飘荡着蓝烟。这个人的脸上有一种怒吼的表情,而他的声音正好与这种表情相匹配。

"你是想见我吗?那就过来瞧瞧吧!"

"我找吉姆·斯内德克。"

"你以为我是谁啊?美国总统吗?"

乔强忍着怒气,他准备说明自己的来意。不过还没等他开口,斯内德克又说话了。

"你是想去俄勒冈的移民吧?"

"是的。"

"你的匕首呢?"

"什么?"

"我是问你的匕首!我最近看到的那个沿着小道西去的家伙,他的身上带了六把匕首,裤腰带上还别了一把左轮手枪。你的家伙放在哪?"

"我没带武器。"

"你真是个贼透了的淘金汉。"斯内德克对那个年轻人嚷

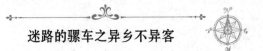

着说，"埃利斯，他难道不是一个糟糕的逐梦者吗？"

那个年轻人对乔使了个眼色，斯内德克发现后瞪着大眼。

"你别在我的背后搞那些小动作！你这个蠢小子！我都看到了！"斯内德克转过身，"这个埃利斯·加纳，他待在我这儿屁股一直不挪窝！现在的孩子们真是会破罐子破摔啊！我说得没错吧，埃利斯？"

"吉姆，这个人……"

"闭嘴！"斯内德克又转身面向乔，"你来找我干什么？"

"你知道一个叫西利的人吗？"

"知道，我认识他。他就是一个上了年纪的笨蛋。他怎么了？"

"他说你会给我一份工作的。"

"也许会吧。"斯内德克摸着他的短髭，"这事对我来说不难。你喝酒吗？"

"不喝。"

"你究竟为什么不喝？别的人都喝。"

"这关你屁事！"乔发作了。

"什么？你胆敢……"气急败坏的斯内德克像一壶沸腾的水。

"还没有人敢这样跟我说话！"他大步走到枪架边，抓起一支步枪，并用枪指着乔，"收回那句话！"

"把你那支破玩具枪放下，否则我就要没收了！"乔吼起来，"你这个发了疯的、令人讨厌的家伙！这条小路上哪怕就只剩下你一个雇主了，我也不会替你卖力的！"

"你只有十五秒钟的时间考虑。"斯内德克警告说。

"你为什么……"

乔生气了,他这辈子只生过一两次气。在密苏里州,人们热情好客。而这里既然如此地广人稀,当地人理应更加豪爽殷勤才对。斯内德克没有给他一份工作的义务,但毕竟来者是客,他此前也为上门求助的人提供过食物和住所。

"我不会重复第二遍!"斯内德克喘着粗气。

乔抓住那支步枪的枪口,把它扭到一边,然后回过右手,用手背猛抽对方的下巴。突然,他发现那支步枪竟拿在自己手中。斯内德克哈哈大笑地踉跄而去。乔站在那里说不出话来,他不知道眼前的这一幕是什么情况。当那个上了年纪的,在大山里出没的山民情绪恢复正常之后,他那双友善的眼睛不再是蓝烟的颜色。

"我的老天啊!"他咯咯地笑了,"你赢了!"

"我赢了什么?"

"你得到了你想要的那份工作!当你提到肖松尼族的西利时,我就有了几分把握,你是合适的人选!肖松尼族的人不会随便让人在这里停留的,除非他们可以胜任这里的工作。可是在我这周围有很多印第安人,还有一些西去的淘金者,以及一些别的人会在这里停留。你如果任其肆意妄为的话,他们就会吓破你的胆。我这里不能收留会被那些家伙吓傻的人。不过我想提醒你的是,你尽可能多给他们一点颜色看看。我给你还有你的随员三十五美元一个月,提供住宿,你也可以自己开出条件。有没有问题?"

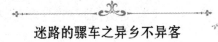

"我没有任何意见。"

"那好，"斯内德克表示，"我会把你应得的收入都记在账上。你的家属跟着来了吧？"

"他们在骡车上。"

"哎呀！把他们领进来！把他们领进来！像这样的天气，怎么能把自己的家属放在车里呢！"

乔把一家人带了进来，然后一一介绍给斯内德克和埃利斯·加纳。孩子们感激地走到壁炉前感受着炉火带来的温暖。芭芭拉用手梳顺她的头发。斯内德克用肘部碰了碰乔，示意他看看埃利斯·加纳。那个年轻人的脸上挂着最纯粹的笑容。

"他是个花花公子，"斯内德克悄悄地说，但整个房间都能听得清楚，"从马里兰州开始追逐一个女人，一路追到这里。可是，我的老天啊！他一点儿甜头都没有尝到！"

第三章　冬季

乔在斯内德克商行滞留期间学到了很多东西。

　　斯内德克是在大山里出没的山民，为寻找海狸，他是蹚过西部每一条河流的少数的几个人中的一个。他们与每一个有好战倾向的印第安部落的人都交过手。他们毫不犹豫地朝自己想去的地方进发，仅凭手中的步枪和自己的聪明才智保护自己，他们度过了令人难以置信的漫长而危险的岁月。他们把所获的皮毛带到某个荒郊野外的贸易商行，或是某处荒野中的集结地；并且在几天之内，就把在危机四伏的整个狩猎季里挣来的钱花个精光。

　　在大山里出没的山民的辉煌仅仅持续了短短十六年。丝绸取代了海狸皮，皮革市场受到冲击。不过，财路虽断，但那些在大山里出没的山民还在。他们中的一些人回到东部，一些人当起骡车队的向导，在他们熟悉的乡野跋山涉水；那些淘金者对这些人也是知根知底。一些人干脆消失不见了，他们踏上寻找心目中那片蛮荒而自由的乡土之路。还有一些像斯内德克

60

这样的人,只不过是改行转业,另谋生路而已,但他们还保持着以前的生活方式。

第一次见面的时候,斯内德克激怒了乔。但现在乔熟悉这个人,在了解他的同时,对他还生起一种敬重之心。斯内德克在步入成年之后,他一直按照自己的意愿行事,他从没有向别人低过头。他觉得没有任何理由可以改变自己的处世态度。不过,他的性格让他碰了不少钉子,他整个看起来非常冷漠,但他的内心柔软得像一团棉花糖。作为一名精明的生意人,他似乎天生就有那种本事:他知道淘金者身上带了多少钱,他们又愿意花多少钱。不过呢,此前还从来没有发生过移民身无分文地被他打发走的情况。斯内德克不会让他们把去俄勒冈路上的东西统统备足。淘金者不管是要东行还是西去,他只给他们备几天的生活用品,并把他们送到拉勒米。因为斯内德克知道,到了那里之后,政府就有责任来照顾那些人。

乔之前的担忧已经荡然无存了。因为既没有出现要攻占拉勒米的远征军,也没有出现能抢夺斯内德克商行的敌人。在这之前,那些人已经尝试过了,他们只是成功地盗走了几匹马。追着那些贼人逃跑的踪迹,斯内德克把他丢失的牲口又带了回来,同时还带回许多印度小马。此外,根据斯内德克的说法,印第安人冬季发起攻击的概率几乎为零。之前来过拉勒米的那些部落都在北边的狩猎场过冬,他们会尽最大努力让小马们存活下来。因为如果没有坐骑,西部印第安人是不会考虑卷入战争的。他们要等开春之后,靠吃不完的水草养肥他们的战马,再等它变得身强体壮之后,他们才会开战。托尔一家此前在路上看到的那三个人可能是残兵败将，也可能是不得不去拉勒米购买所需东西的印第安人。

离斯内德克商行半英里外有一座小山。在迎风的山间，乔干净利索地挥起斧头砍入一棵松树里。他熟练地目测着下一斧要砍的位置，当斧头砍入树干时，飞出一大块木片。乔没有多砍一斧，也没有多出半分力，他三下五除二就砍倒一棵树，接着休息了一会儿。他朝埃利斯·加纳瞥了一眼，他的那棵树已经被砍了差不多三分之二了。乔赞许地点了点头。斧头的使用是有技巧的。斯内德克需要一些木料，以扩大商行的建筑面积。乔和埃利斯早就开始了伐木工作。一开始，埃利斯有很多要学习的东西。不过，在乔的专业指导下，埃利斯学得很快。如果再给他一两年的实践经验的话，他会成为一个使用斧头的好手。

埃利斯停下手中的活儿，他朝隔着一段距离的乔咧嘴笑了："你肯定是挑了最好砍的那些树。"

"是你手里的斧头有问题啊，"乔嘲笑道，"斧头可不是羽毛。挥斧时不能像挥动一根羽毛那样地使劲。"

"好的，老师。"

乔咧嘴一笑，回头接着干活。他渐渐地喜欢上这个身材修长说话轻声细语的年轻人，不过他同时也替他担心。乔不知道埃利斯是从哪里来的，他也没有问过他。一个人不应该过多打听别人过去的生活经历。也许他来自东部地区的一个什么地方，还曾上过学；这些从他待人接物的方式和言谈举止上就看得出来。不过，他身上也潜伏着易怒的情绪，有时候他郁郁寡欢,有时候又烦躁不安。在他内心深处,似乎潜藏着一段受过伤害的记忆。乔总是不自觉地把他与圆滑的珀西·珀尔相比。珀西从不种田,从不为了一份薪水而工作,不过他总是拥有自己所需要的一切。在埃利斯的身上乔看不出任何温文尔雅的东西——相反,他很冲动,常常会做出出人意料的事。不过他和珀西一样反应敏捷,爱说冷笑话。他和珀西还有一个相似之处,那就是他给你这样的一种感觉:任何他想得到的东西,他都会不惜一切代价去获得。珀西是一个亡命之徒,而埃利斯也可能会成为那样的人。不过,那是他自个儿的事,除非埃利斯的风流韵事与托尔一家人扯上关系。

乔一边干活一边皱起了眉头。埃利斯对芭芭拉已经不是一般的感兴趣,这并不是什么反常的事情。因为到目前为止,还没有接触过芭芭拉但不喜欢她的年轻人,乔还要跟这个对女儿并没有什么吸引力的年轻人打交道,他们在一起待了不少时间,也走了很长的路。乔想起了雨果·吉尔里,他因为在纽约与女孩子纠缠不清而跑到拉勒米。斯内德克曾说埃利斯曾跟一个女孩子从马里兰州一路来到这里,不知道他惹的是什么麻烦。他为什么会待在一家孤零零的贸易商行呢?

乔把砍倒的树的枝丫削去,剩下光溜溜的树干。他砍下另一棵松树,并削去树上的枝条。他朝被拴着的那两头骡子看了看。它们身上还套着挽具,不过它们的辔头已经被卸掉。他朝那条通往商行的沟看了一眼。倾斜的沟上面覆了一层冰。地面原本就铺了一层雪,在他们到达后的次日,在原有的雪褥上又铺了一层六厘米厚的新雪,而那之后还下过一些零星的小雪。

在这之前,乔曾赶着两头骡子在雪地里踩出一条路,并顺着那条路往下拖过一根原木。那之后两头骡子又负载许多次,而且数量、重量都很可观,现在只要是能装得下,无论多少,那两头骡子都拉得动。

天气已经很冷了。当乔站着不动时,他的两只鼻孔冻得难受。被拴着的两头骡子的口鼻上也结了一层白霜。骡子们只要不是被一根短绳系着并长时间站在那儿,这样的天气是不会伤害到它们的。这组骡子只要走着去他们砍松树的地方就没事,把原木沿结冰的路面拖下山来并不困难。乔把斧头砍入那棵被砍倒的松树的树桩里,朝埃利斯走了过去。

"你好吗?"

"好。"

在收获颇丰的一天的辛劳之后,乔一边站着一边感受着那种惯有的欣慰。与此同时,他如释重负,心里漾着一丝丝的幸福。明天是一个非常特殊的日子。

乔说:"看不出今天晚上是平安夜,不是吗?"

埃利斯心不在焉地低声说:"是啊,完全没有那感觉。"

"我们回去吧。"

"我正要回去。"

乔给两头骡子戴好辔头。他把它们赶到他们砍倒树的那个地方,他把一根长链条铺在结冻的斜坡上。乔挥动斧头整理那些要运送的原木,埃利斯也参与进来。他们用翘杠把原木滚成一堆,再用链条将其捆好。两头骡子知道,等把这最后的几根原木拖到斯内德克的建筑工地之后,一天的工作就结束了,

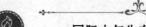

因此它们既不会被必催促也不会被驱赶。乔把骡子们的缰绳盘成圈后放在挽具的上面,他友善地走在埃利斯的旁边。结束了一天的工作,这位年轻人很高兴,他用斧头不停地砍着冰封的坡道。

乔挖苦道:"没有经验啊!"

"老师,我现在哪里做错了吗?"

"斧子是用来砍木头的,不是砍冰的。我敢打赌,你会崩坏刀口的。"

埃利斯耸了耸肩。"活到老学到老。我不会再这样了。"

埃利斯似乎有些烦躁与沮丧,乔偷偷地看了他一眼。

"你在想什么呢?"

"你也许看错了。"埃利斯不好意思地笑了。

"说说看,为什么你的情绪这么低落?"

"我没有情绪低落。今晚你过来吗?"

"孩子们会去你那玩的,不过我有家务事要做。"

"你从没有想过其他的什么事情吗?"

"没有时间想。当你成为像我这样的老人的时候,家里一帮小鬼都指望着你,你也就不会东想西想了。"

他们默默地走了一会儿。

他突然问道:"乔,你是怎么看待女人的?"

乔被这个问题问住了,他没有回答。这不是埃利斯随意问的一个问题,它的背后隐藏着乔没有读懂的东西。当乔回答时,他说得很温柔。

"孩子,我只了解一个女人。我非常爱她。"

"你相信爱情吗？"

乔坚定地说："我肯定是相信的。"

"你，你认为我是不是……噢，真该死！我很茫然！"他稳住自己的情绪，"乔，我就和你直说了吧！如果我将来和芭芭拉结婚！你没有什么反对意见吧？"

乔完全惊呆了，他的心凉了下来。他觉得浑身僵硬。在此之前，他知道芭芭拉某一天会嫁出去，不过他觉得那一天尚在遥远的未来，现在没有必要担心那件事。乔看看在他身边走着的这个年轻人，他意识到自己对他几乎没有什么了解。他又想到斯内德克曾经提到埃利斯是一个花花公子，乔有一种强烈的冲动，他想就此让埃利斯对他澄清事实，好打消自己的疑虑。不过，乔不知道该如何询问他。

乔只问道："你问过芭芭拉了吗？"

"问过了。"

"她怎么说？"

"她没说不行。"

乔沉思着，他试图搞清楚事情的来龙去脉。比起此前他所知道的埃利斯，现在他知道的要稍微多一些。无论埃利斯来自何方，也不管他曾经可能做过什么，他都没想着要回避他的恋情。他像一个勇于担当的男人那样，直接向乔坦白了情况，这是乔很喜欢的一点。

埃利斯又问了一遍："我刚才问你的问题，你有没有什么反对意见。"

乔平静地说："埃利斯，我是孩子的爸爸，不是她的主人。

我没想过要给她挑选一个丈夫。"

"谢谢你,乔。"

又是一阵沉默,埃利斯沉思着说:"乔……"

"什么事?"

"拉勒米有一场新年舞会。你能让芭芭拉和我一起去吗?"

"拉勒米离这儿可远着呢!"

"我们当天去,第二天回来。她可以在德里斯科尔警长的妻子那里过夜。"

"你问过她了吗?"

"她说她愿意去。"

"你要问问她妈妈是否同意。"

"我知道,她说我必须得到您的允许,还有她妈妈的批准。"

乔犹豫了一下,接着他想以爱玛的聪明才智,她应该知道怎么做的。

于是乔说:"如果他妈妈同意的话,我没有问题。"

"那我又得谢谢了,乔。"

乔和埃利斯把原木堆放在新建筑工地上已有的那一堆原木旁边,埃利斯朝自己和斯内德克同住的商行主建筑方向慢慢走去。乔把两头骡子赶进马厩,给它们喂了些干草料和谷子。卖力劳作的牲口们应该吃得好一些。乔皱着眉头,深吸了一口清新的空气,然后向斯内德克为他和他的家人提供的宿舍走去。

许多杂事拉勒米的士兵们会自己做,此外还有可自由支配的、动作熟练的运货人员,这所军营里的军官始终恪守着为过往路人提供方便的准则。乔一家人此前在拉勒米的营房尽管住得很舒适，但是军方无法提供乔他们想拥有的那些奢侈品。斯内德克商行提供的生活必需品比拉勒米要少。他们住的小屋虽然可以遮风挡雨，但过于简单粗糙。那是为男人们搭建的宿舍，里面配备了一间带壁炉的很大的厨房以及一间较大的卧室，卧室里摆放着十张高低床和一个更大的壁炉。

乔把几张野牛皮从天花板垂至地板，把小屋隔成三间房：一间归爱玛和他；一间归芭芭拉和小爱玛；最后一间是四个小男孩的。各人都有自己的隐私，各人的床铺上都有自己的床垫和被子。但是这里仍然不够方便，乔觉得爱玛开始感到生活的压力。她看上去身心俱疲，这就是他最初幻想的居所吗？他敢肯定这肯定不是。除了吃饭的时间，泰德很少待在小屋里。芭芭拉帮着妈妈料理家务。四个年幼的孩子只能短暂地出去兜兜风，要让他们高高兴兴地待在这样的一个地方对大家来说是一件大伤脑筋的事。

乔打开家门走进屋内，他迅速把门关上以免冷风吹进来。他跺了跺脚，让靴子上的雪落下来。四个年幼的孩子冲过来迎接他。在乔脱下外套，并挂到钉在墙壁上的一根木楔子上的这会儿工夫，孩子们已经围拢到了他的两腿周围。芭芭拉在壁炉边对乔招手致意。乔吻了爱玛一下，爱玛朝他的脸上很快扫了一眼，然后向后退去，并扬起困惑不解的眉毛。

"有什么不对劲吗？"她轻声问道。

他小声说道："等孩子们走了再说。"

"你坐吧，"爱玛催促道，"晚上我们又要吃野牛排了。"

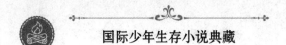

　　爱玛说起话来一副有气无力的样子,乔沉默着。斯内德克只给他们提供了有限的糖、面粉、盐、咖啡以及其他的生活必需品;这些东西他都是按在拉勒米的成本价卖给乔。乔自己消费的那一部分是免费的,因为那是当初商定的用工待遇的一部分,所以乔不得不支付家属消费的那一部分的费用。只要是与肉类相关的,斯内德克都没有收他的钱,比起其他的肉类,野牛肉占了大部分。在很多时候他们吃的都是野牛肉,爱玛都已经吃腻了。除此之外,他们就只剩那头奶牛提供的牛奶了。爱玛的那群鸡单独待在鸡笼里,它们已经有几个星期没有下蛋了。

　　饭后爱玛继续忙她的活儿,乔在一把椅子上坐了下来。每天晚上他都给孩子们讲一个故事,故事内容常常以他在砍树时所看到的或是其他时候他所做过的某件事情为中心,故事内容变得越来越单调。当实在想不出什么新东西的时候,他努力让孩子们相信自己的膝盖是一匹大黑马,并且让孩子们轮流骑在膝盖上面上下颠着寻乐子。每当有什么东西可吃的时候,泰德就会忽然现身,爱玛和芭芭拉刚把食物端到桌上,他就冲了进来。

　　每天晚上,等洗刷完碗碟后,一家人通常会去斯内德克和埃利斯那里消磨几个小时。四个年幼的孩子可以拿着斯内德克不多的几样商品任意玩耍。冬天,因为很少有印第安人前来交易,所以存货不多。春天,印第安人会把他们的牛皮袍子送上门,那个时候斯内德克商行将有更多的商品。今天晚上,乔和爱玛没有穿上出门的外套,四个年幼的孩子不解地看着他们。

"你们和芭芭拉去吧,"爱玛对他们说,"今晚我们就待在家里。"

芭芭拉知道一些弟妹们不理解的事情,她一边心照不宣地对双亲眨了眨眼睛,一边给四个年幼的孩子穿好出门的衣服。他们在夜色中成群结队地出发了,乔和爱玛单独留在家里。当爱玛期待地等着乔开口的时候,乔忧郁地盯着火堆出神。

乔说:"埃利斯想娶芭芭拉。"

爱玛咬了一下嘴唇,不过没有流露出乔原以为的惊讶的神情。乔点了点头,也许她已经知道了这件事。

"这并不意外。"她说。

"这事你怎么看?"

爱玛犹豫了一下,说道:"芭芭拉还没有同意。"

"你是怎么知道的?"

爱玛说:"她本该告诉我,可她没提这件事。"

乔沉思着。"埃利斯似乎是个不错的小伙子,可是我们对他一无所知。我不想芭芭拉惹上麻烦。"

"你都对他说什么了呢,乔?"

"我说我是芭芭拉的父亲,不是她的主人。我不会对她说该和谁结婚。"乔阴沉着脸,他想知道自己做的是否恰当。爱玛把一只手搭在他的胳膊上以示安慰。

"你对他还说了些什么?"

"其他的什么也没说。"

爱玛叹了口气,"那就对了。我们能做的就是帮助芭芭拉

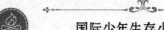

做出正确的选择。"

"还有另外一件事。埃利斯想带她去拉勒米参加新年舞会。他说他们当天去,第二天回来,芭芭拉可以在奈兹·德里斯科尔家过夜。"

"你是怎么回答的?"

"我说他必须征求你的意见。"

爱玛迟疑了一下说:"这个主意也许不错,也可能恰恰相反。我得考虑考虑该怎么应对才是。"乔看到妻子十指相扣,指关节发白。不用说,她比丈夫更加担心芭芭拉和埃利斯之间的事。乔还知道,在事情进一步发展之前,妻子会想尽办法更多地了解埃利斯的情况。乔怀疑爱玛会通过与埃利斯的直接交谈来了解他,而不是质问他关于斯内德克所说的问题。

壁炉里的火闪着明亮的光,把影子投到支撑着天花板的粗壮的横梁上,以及凹凸不平的地板上。地板上有一处污点,爱玛机械地弯着腰准备清除它。乔深情地看着她,他知道妻子此前一直承受着种种考验。当想到还有考验要来临的时候,乔不禁愁眉紧锁。

乔说:"爱玛,这始终是一条既艰难又漫长的道路。"

"乔,我们从来就没有指望过路上会一帆风顺。"然后,因为她看出乔想从她那里获得更多的安慰,于是她继续说,"一路上我们都很幸运,乔。我们闯过了最恶劣的天气,在春天来临之前,我们不需要再赶路。同时——哎呀,在这里我们能像在家里一样过得非常舒心!"

乔不自然地笑着,他用真诚的眼神盯着妻子的眼睛。

"可是这里不是我们自己的家啊。在我们停下西迁的脚步之前,在开始种下庄稼,头顶上有了我们自家的屋顶之前,没有一样东西会让我们有再次回到家中的感觉。"

乔把妻子心窝里想说的话都说了出来,因此他们没有必要就这个话题再多说下去。爱玛来到乔的身边,在他的额头上轻轻一吻。

乔猛地站了起来,他兴奋地抓住爱玛,一把把她搂在怀里。

"爱玛,我的好姑娘!"他信誓旦旦地说,"等我们到达俄勒冈之后,我要为你建一幢房子,一幢让其他的住宅显得像一只鸡笼一样的房子!"

她看着他,眼神温柔,充满了爱和信任,还透着几分笑意。"那幢房子必须配备一座大的花园和一个大的养鸡场!"她说。他们像发了神经一样大笑起来。接着,乔记起了什么事情。

"你稍等我一下。"

乔朝骡车走去,并从工具盒里取出一个包裹。自从离开拉勒米,那个包裹就一直放在那里。乔十分温柔地把它交给爱玛。

"圣诞快乐,亲爱的。"

"乔!"她轻轻地拿着那个包裹,心里充满了激动,她知道圣诞礼物是永远不能被抛弃或遗忘的。她听见乔的说话声。

"我只希望礼物你能喜欢。"

当爱玛打开包裹的时候,她的双手在颤抖,她全神贯注地凝视着那条围巾。自从离开密苏里州之后,爱玛很少看到这样

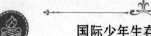

的东西。她用双手抚摸着这件美丽的东西,并把它贴在自己的脸颊上。因为有了这条精致的围巾,她看到自己所有的希望和梦想都变成了活生生的现实。

爱玛说:"我也为你准备了一点东西。"

她给了他一块手表,那是一块厚重的银表,它可能是某位德国钟表匠的作品。不知怎么了,这块手表跨越千山万水,出现在拉勒米兵营小商贩的店里。乔注视着这块表,他不敢相信自己的眼睛。手表是奢侈品,因此只有那些消费得起奢侈品的人才能享用。乔转动着手表上的发条。他把表贴在耳朵上,听它发出的嘀嗒声。

乔和爱玛紧挨着坐着,他们懂得圣诞节的真正含义。他们看着表上的分针,他们惊奇地发现当一个人盯着表看时,时间的脚步移动得多么的缓慢。接着他们又笑了。这种爽朗的笑声只在他们对未来充满希望时才会发出。

乔说:"我得去忙了。"

乔手里拿着提灯,他朝一棵此前做过记号的小松树走去,并干净利索地将它砍倒。乔从小屋后面拿出一桶之前专门为此而准备的沙,他把那棵小松树直直地插在沙里。当他再次走进小屋里的时候,爱玛的煎锅里响着噼里啪啦的爆米花的声音。自从离开农场后,爱玛的行李箱很少打开。现在,她的箱子敞开着。桌上摆满了大小包裹和坛坛罐罐。爱玛自豪地把新围巾披在肩膀上,听到乔进门的声音,她抬起头来。

"罐装南瓜。"她指着那些罐子说,"一路上我都带着它,所以明天我们就有南瓜饼吃了。"

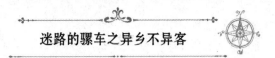

"好家伙！"乔咂了咂嘴。

小屋里似乎因为忙着庆祝圣诞节而显得活跃起来。屋顶上的一根根椽木间透出更加柔和的暗光。在他们的脑海中响起了曾经听过的欢快的旋律，此时，他们仿佛又真真切切地听到了那些音乐。

爱玛问道："你想再多爆些玉米花吗？"

"当然想啊！"

乔跪在壁炉前，爱玛把一粒粒爆米花用针串在线上。她把串着爆米花的线搭在圣诞树上，然后打开一个包裹，从中取出一些彩色的装饰品。那是此前爱玛从母亲那里得到的，这些点缀圣诞树的装饰品，多少年来她一直都珍藏着。圣诞树被装扮一新。

爱玛把准备分发给孩子们的礼物一个个仔细地包了起来，并在每件礼品上写了各人的名字。她把这些礼品放在圣诞树旁边，接着她从旅行箱里取出另外一些包裹好的满满一包的礼物。乔惊讶地看这些礼品。

"这都是些什么呀？"

"这些是芭芭拉准备的礼物。她分别给你，斯内德克先生，还有埃利斯织了一顶帽子。"

"可我从来没有见她编织过呀。"

"你整天在外面工作，怎么会知道这些呢！"现在爱玛有点不耐烦了，"乔，你想把他们都叫过来吗？我想还是把他们都叫过来吧！"

"我马上去。"

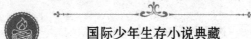

乔省去了穿外套的麻烦。从他们家的小屋到斯内德克商行,中间只隔着一点距离,乔跑着穿过那一小段路,走进了店里。泰德将一截狼皮披在肩上,他正领着他的三个小弟在柜台之间行走;小爱玛正在玩着一串她之前找到的珠子。斯内德克斜躺在炉火旁的椅子上看着这群孩子。芭芭拉和埃利斯并肩坐在壁炉的对面,乔没有太靠近地看着他们。埃利斯曾告诉过他,芭芭拉并没有拒绝他的求婚,他们俩看上去坐得很近。

乔喊道:"你们都到我们家来一下。"

"快去吧,孩子们,"斯内德克告诉他们,"妈妈要你们回去了。"

"你也过来,吉姆。"

"我?她要我去干什么?"

"你过来看看就知道了。"

"我太高兴了!"斯内德克喊起来,"三十年来第一次有一位白人妇女肯见我!你确定吗?"

"我确定,快来吧!"

芭芭拉站了起来,乔的目光被她吸引过去。女儿十分可爱,关于这一点他从来都是知道的。现在,芭芭拉看上去容光焕发,她迈着轻盈的步子,像是从粗糙的木地板上飘着来到父亲的身边。芭芭拉激动地说道:

"你看,爸爸!"

乔看到女儿的脖子上戴着一条金项链,链条上有一个嵌着红色宝石的环形坠子。乔带着浓浓的兴趣目不转睛地看着,因为在这之前他从来没有见过这样的宝石。在灯光与壁炉的火光的映照下,这块宝石闪着光芒,这块宝石看上去是那样的有生气,透着火一般的热情。乔对这种东西尽管知之甚少,但他知道它十分珍贵。

"这是什么?"他问。

"红宝石,"芭芭拉告诉他,"是埃利斯送给我的。"

"是我母亲传下来的。"埃利斯急切地说。

乔疑惑地看着他:"你觉得应该把它送人吗?"

刹那之间,埃利斯的脸上掠过一股怒气:"我想我应该把它送给芭芭拉。"

"那好吧。"乔回答道,埃利斯的态度让乔有些不安。为了打圆场,乔还就宝石有几个切面与埃利斯争论了一会儿,接着乔沉浸在节日夜晚的氛围里,他催促道:"我们走吧,爱玛在等着呢!"

乔把他们领到自家的小屋。当他们进门的时候,乔站在一旁,他听到爱玛真诚的祝福:"大家圣诞快乐!圣诞快乐!"乔朝紧挨在一起站着的芭芭拉和埃利斯看了一眼。四个年幼的孩子瞪大眼睛盯着圣诞树,他们都记得在密苏里州过圣诞节的情形,可是他们当中没有一个人想过会在俄勒冈小道上过圣诞节。乔显得局促不安,令他高兴的是爱玛知道该怎样主导这样的场面。她对好奇的孩子们发话了。

"圣诞老人刚才来了,他给各位都留了一点东西。"她拿起一件礼包,"卡莱尔。"

爱玛把礼物放在卡莱尔的双手里,并帮他打开包裹。小家伙盯着这个刷过漆的,令人惊奇的鲜艳的玩具,他跌跌撞撞地

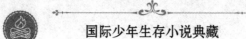

走过去，把小马支在自己的大腿上。卡莱尔摆动着可以活动的马腿，抚摸着丝制的鬃毛。阿尔弗雷德屏息站着，他张着嘴，眼睛闪闪发亮。小乔很是兴奋，小爱玛跳起了舞。泰德也站着，不过他内心的感受都体现在那双明亮的眼睛里。

"这里肯定是俄勒冈！"阿尔弗雷德感叹道。

当阿尔弗雷德陶醉地盯着他的弓和几支箭的时候，大人们都温和地笑了。小乔打开自己的礼包，接着两支箭嗖嗖地从房间里射过。小爱玛把洋娃娃抱在怀里，一脸的幸福，她开始对洋娃娃轻声地唱起来。当泰德把裹着短柄小斧的包装材料撕开时，他的眼睛里闪着光芒。他用拇指试了试刀锋，随后立刻开始用磨刀石磨起来。

在这个难忘的夜晚，芭芭拉陶醉了，她把那个银镯子戴在纤细的手腕上并举起来给大家看。她用微笑向爸爸妈妈致谢。爱玛拿起另一个礼包。

"埃利斯，这是芭芭拉为你织的。"

埃利斯戴上那顶针织帽。这顶帽子搭配了两种颜色，缀着银色的流苏，前面还织了一个野牛头。埃利斯试了一下，然后脱下帽子。他瞥了芭芭拉一眼，眼里充满了无限的柔情，除芭芭拉之外，谁都没有听到他低声说出的那一声谢谢。

"吉姆。"

"我的老天啊！"斯内德克感叹道。

斯内德克出神地看着那顶帽子。接着，他摘掉头上的那顶破帽子，并打开门把它扔到了雪地里。斯内德克梳理了一下自己乱蓬蓬的头发，他抬起手来摸了摸那顶新帽子，仿佛无法相

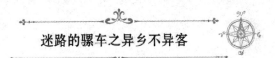

信它的存在似的。斯内德克从地板上大步流星地走过来,他张开双臂搂着芭芭拉,并在她的额头上吻了一下。芭芭拉的脸红了。

呼啸的寒风吹着屋顶,从原木的裂缝发出呜呜的声响。孩子们全神贯注于他们的礼物,几乎没有一个人抬头。一只土狼在小屋后面的山脊上开始嚎叫。接着屋外的声音平息了一会儿,爱玛用清脆的声音唱道:

"愿你们快乐,先生们,让万事充满希望,无事令你惊慌——"

乔跟着哼唱起这首古老的圣诞歌,接着芭芭拉和埃利斯,还有孩子们也都跟着唱了起来。吉姆·斯内德克退到不引人注意的位置上。他摘下帽子,静静地站着。爱玛领唱接下来的颂歌:

"天使初报圣诞佳音,先向田间贫苦牧人……"

小屋的外面,风的怒号声越发响亮,那条土狼又嚎了起来。不过这群唱歌的人看上去很奇怪,仿佛远处的喧闹声和这间小屋以及屋里的人扯不上任何的关系。当最后一首颂歌的最后一个音符依然回荡在这间小屋里的时候,爱玛和蔼地笑着说:

"吉姆,你和埃利斯明天一起来我们家吃饭。到时候有南瓜饼和烤羚羊肉吃。"

"稍等,夫人,"斯内德克表示疑惑,"你是说羚羊吗?"

"是的,吉姆。"

"我看那不行,"斯内德克说,"你们稍等一下。别让这些孩子们都散了,我会回来的。"

斯内德克把新帽子轻轻戴在头上,然后离开了小屋。不一会儿,他回来了,右手提着一只晃来晃去的巨大的熏火腿。斯内德克此前一直储藏这只火腿,他本来打算自己一个人吃。那是商店里的最后一只火腿,不过现在他慷慨地把它贡献出来了。

"比起吃羚羊肉,这可是更好的圣诞大餐。"斯内德克十分肯定地说。

爱玛期待着一顿传统的圣诞大餐,此时她的眼睛里闪着快乐的光芒:"哦! 谢谢你,吉姆! "

"您别客气,夫人! 真的没什么! 在我八岁之后,就再也没有经历过这样的圣诞节了。嗯,我要回去了。埃利斯,你也一起走吗?"

"我马上走。"

埃利斯一直磨蹭到孩子们上床睡觉的时候,然后不情不愿地说了声晚安,准备离开。爱玛拿起自己出门时的外套披在身上。

"埃利斯,你跟我去一趟商店好吗? 我急着要用一点糖。"

"我很高兴能陪你去,托尔夫人。"

"我也……"乔发话了。

爱玛连忙说:"用不着,你留下,乔。我自己去买。"

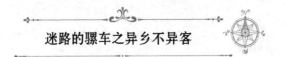

埃利斯为爱玛挡着门，然后两人走进了寒冷的夜晚。爱玛等着埃利斯和她一起走。

"噢,好冷! 你不觉得冷吗？"

"确实冷。"

爱玛感觉到埃利斯的犹豫和尴尬，所以她尽量让他放松身心。

"来呀,走在我的旁边。"

爱玛将手插入他的臂弯里,把他朝自己身边拉近了一点。

"你人长得挺高大的,埃利斯。你妈妈一定为你感到非常的骄傲。"

埃利斯伤感地说:"我母亲早就死了。我八岁时她就不在了。"

"哦。"爱玛立刻抱以同情,她真诚地说,"对不起! 你肯定还记得她的很多事情。"

埃利斯只答道:"我永远都不会忘记她。当时我们住在巴尔的摩。"

"那应该是个不错的地方吧？"

埃利斯的声音变得恍惚起来,"我妈妈还在世的时候,我们住在一幢大房了里,日了过得挺开心的。可是她离世了,接着在我十二岁的时候,我爸爸也死了,嗯……"

他突然停了脚步,用诡诈的眼神看着她。

"托尔夫人,您还有什么要问的吗？"

爱玛感觉自己的脸火辣辣的。不过她打算让谈话继续下去。"你已经表明了想和芭芭拉结婚的愿望,"她坦率地说,"你

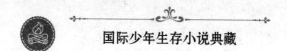

国际少年生存小说典藏

想带她去拉勒米,待两天一夜。我当然想更多地了解关于你的许多情况,埃利斯。"

"这很好!"他有些生气,"我可以对你交代一些事情。"他开始又快又清楚地讲述那些事实真相,就好像在做一场报告似的,"我父亲去世后,由我的叔叔乔治履行他的遗嘱。尽管我一直不缺钱花,但是我和乔治叔叔相处得并不融洽。他希望我去他的银行工作,可是我不喜欢。我上了一年哥伦比亚大学,那还是在华盛顿州的时候,托尔夫人,然后……"

埃利斯突然一下子停了下来,并沉默了许久。当他再次开口的时候,他平缓的声音使他表现出一副极难为情的样子,"请原谅我,托尔夫人。您有权利了解您想知道的关于我的一切情况。您已经看出了我的一个缺点——我是一个急性子,一个不讨人喜欢的人。我想向您表示歉意。"

"那没关系的,埃利斯,"爱玛镇定自若地说,"我们从这儿接着说下去吧。刚才你说到你在华盛顿州念大学是吧?"

"是的,夫人。"埃利斯谦虚地说,"我在华盛顿州认识了一个叫玛丽·哈克尼斯的女孩,我爱上了她。当玛丽的家人决定到西部去的时候,留在东部对我来说就像失去了一切。我也就跟着来了。这样做看似合情合理。我有足够的钱买马,以及购买我需要的其他的每一样东西。"

"发生了什么事,埃利斯?"爱玛低声问。

"当我们到达拉勒米的时候,玛丽嫁给了一个叫杰里米·布莱克的人。他们一起走了。"

爱玛的声音很温柔,她问道:"你因此受到伤害了吗?"

"我希望一死了之。"

爱玛说："埃利斯，你应该懂得女人并非个个都那么善良，她在引诱你跟她一起走之后，却又嫁给别一个人……"

"我没有把话说清楚，托尔夫人。她并没有引诱我跟她一起去。到这里来是我自己的意愿，完全是因为我想这么做。这跟玛丽没有任何关系，她没有说什么不好的或是带有欺骗性的话。她是一个很优秀的、诚实的好人。她只是不想和我结婚罢了。"

爱玛不禁喜从心来。吉姆·斯内德克曾说过埃利斯从马里兰州一路追随着一个女子来到这里。现在爱玛知道这个故事的来龙去脉了。

她问："那之后你都干了些什么，埃利斯？"

在埃利斯的说话声里透着一种淡淡的苦涩的记忆的痕迹。"随后我来吉姆这里上班了。我知道在他开的这间商行不可能有我想要的任何东西，不过当时我想反正我随便在哪里似乎都一无所获。我只是埋头工作，没有太多的希望，也根本没有任何计划。接下来，你们就带着芭芭拉到这里来了。"

"她对你有那么重要吗？"

埃利斯坚定地说："我很感谢玛丽做出了她的选择。"

她挽住他的胳膊。"跟我来吧，我要去买糖了。"爱玛在商店的入口处停了下来，"哦，埃利斯。还有一件事我忘了告诉你。我想让你知道的是，你们去拉勒米兵营参加新年舞会，我认为那个主意简直棒极了。"

"你真的这么想啊！"

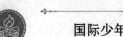

"当然啦,年轻人应该享受生活,芭芭拉跟奈兹·德里斯科尔在一起一点问题也没有。"埃利斯对爱玛粲然一笑,心里充满了感激和喜悦之情。

爱玛买了一斤糖,然后回到小屋。她其实并不是真的需要糖。爱玛心满意足地睡在乔的身边,当乔醒来时,她仍然昏昏欲睡。不过她知道乔下床把两个壁炉里的火生了起来,接着又爬回床上等着,直到小屋变得暖和起来。她还听到孩子们在床上咯咯地笑。

一家人吃好了早饭,爱玛和芭芭拉开始准备圣诞大餐。本来该吃火鸡的,这次除用火腿代替火鸡之外,其他的一切都将与在密苏里州时完全一样。一家人出门这么久了,他们靠骡车上所带的东西生活,在各种艰苦的条件下生火做饭。他们还要在斯内德克商行生活很久,为了节省开支,吃的是一些野味,此外还要尽可能丰富食物的种类。鉴于此,这次的圣诞大餐似乎奢侈到了极致。他们烤了火腿和南瓜饼,爱玛打开三罐四季豆,这道菜是她此前为这顿饭专门留着的。餐桌上虽然没有土豆,不过有软绵绵的面包和奶油。

这是一次值得纪念的圣诞大餐,是任何一位参与分享的,年长一些的人都不会忘记的一场盛宴。爱玛预先准备了吃火腿的调味料,乔切开热气腾腾的火腿,把美味的、粉红色的肉片分给每一个人。大家放开肚皮吃撑了之后,火腿还足足剩下三分之一。不过,爱玛的那三罐南瓜饼被大家吃得一点儿也没剩。

泰德走到外面去试他的斧头。洗好碗碟之后,芭芭拉和埃

利斯在雪地里散步。当他们离开的时候,爱玛和乔注视着这对年轻人。在此之前,爱玛把自己与埃利斯交谈的情况告诉了丈夫。乔当时心里七上八下。

"对我来说他的决定太过仓促。"

"而且年纪也太轻。"爱玛提醒道。

孩子们还沉醉在他们的礼物当中,玩得不亦乐乎。斯内德克从口袋里拿出一支黑乎乎的烟杆,填上散发着气味难闻的烟丝,他把烟袋递给乔。

"抽烟吗?"

"不抽,谢谢。我从来没有这个习惯。"

"我的老天啊。不抽烟也不喝酒。那你有什么嗜好,乔?"

"我喜欢打猎、捕鱼。"

"那等你们到了俄勒冈,你会有打不完的猎,捕不完的鱼,"斯内德克向他做出了保证,"尽管情况有所变化,猎物可能没有过去那么多。我记得……"

当斯内德克谈起西部以前的情况时,乔和爱玛洗耳恭听。他提到了黑脚族人、苏族、波尼人,以及和他们展开的战斗。他绘声绘色地讲起了那一条条人迹罕至的溪流,在山民到来之前那里一直没有白人的踪迹。平原上的野牛黑压压的一大片,多到数也数不清;野牛蹄踩在地面上发出的雷鸣般的声响将寒风的嘶吼声都淹没了。斯内德克说到大群的鹿、麋鹿和羚羊。他还谈到有趣的营地和集结地。

"所有的情景我都见过,"他继续说,"用不了几年的时间,你就可以见识一遍。当然,你不可能再看到我所说的或与之相似的景象。西部一天天发生着变化。以前流行的是貂皮，现在是水牛皮。疯狂圈地的淘金者来势汹汹，就像从高高的山涧奔流而下的瀑布一样。当你把这种情况细细琢磨一番之后，也许你会觉得它也有存在的道理。西部是最适宜人居住的地方，而不适合让野牛过度繁殖。你知道吗？甚至还有一种更加天方夜谭的说法，说是要横穿肯塔基州修一条铁路并架设电线。没错，就是一个人在纽约州说话，五分钟后，一个在旧金山的人就会知道他说了什么。我绝对不相信会有那种事发生，我怎么也想不明白那怎么可能呢？不过野牛肯定会因为新到的移民而离开它们的栖息地，挪到其他地方去，到那时就有很多热闹可看了。他们在加利福尼亚州发现的全部黄金的价值都比不上即将发现的东西的价值高。我指的不是黄金。他们在西部找到的矿量将是整个肯塔基州的矿量的十倍还要多。那里的土地上长满了茂盛的野草，种庄稼再适合不过。那里还有大量的木材，足以让所有的城市和乡镇的居民根据自己的需要大兴土木。已经踏上西部领土的淘金者们的数量丝毫没有减少。总有一天，单单在俄勒冈州聚集的淘金者，就有过去十年当中奔走在俄勒冈小道上的移民数量的两倍之多。那里有容纳得下他们的足够大的土地空间。人们将在西部海岸建造城市，这将让东部海岸上的一切黯然失色。"斯内德克沉思了一下接着说，"西部将会得到开发，不过我感到高兴的是，在我有生之年，我不会看到人们到处屯田垦荒。因为我根本就不想看到那一幕。"

那天晚上，乔高高兴兴地上床睡觉，斯内德克的话给了他极大的安慰。他之所以离开密苏里州，是因为他需要土地空间,需要为孩子们寻找发展机会。当西部仍有大量的土地空间和发展机遇的时候,他正在朝西部前进的路上。当有数以百万的淘金者来到西部的时候,比方说他们正好赶在他来西部的时候也来凑热闹的话,在生存竞争中,他就会显得有些力不从心,而孩子们因为还很稚嫩而无法掌控局面。

次日清晨,太阳从万里无云的天空升起,给人们带来微微的暖意。天气一夜之间变得非常寒冷,以至窗户上都结了一层亮晶晶的厚霜。建筑工地上已经堆了一大堆原木,眼下也不必急着砍伐更多的木材,乔和埃利斯今天打算出门,看看能否找到一些野牛。他们必须想方设法打些猎物回家,因为斯内德克商行里库存的肉已经不多了。打不到野牛,他们会争取打些麋鹿或鹿回来。假如他们能撞上一群野牛的话,他们打算尽可能多地捕些野牛。尽管野牛肉的消耗数量有一个上限,但是斯内德克会雇一些妇女来加工、制作牛皮。东部地区有一个稳定的消费牛皮袍子的市场,不过为了节约成本,获得丰厚利润,没有必要把皮袍运到东部。在斯内德克商行,移居俄勒冈的淘金者们愿意以每件四美元的价格买下那些袍子。

埃利斯骑上自己的马,乔跨上那头母骡,两人手里都拿着一支步枪。他们登上商行后面的那座山,一路上两人都没有说话,接着走进了松林。一头鹿从林间轻快地掠过,乔端起步枪。不过还没等他开枪,那头鹿就消失了。

"我们还是先看看有没有野牛吧,"埃利斯建议道,"一般情况下,就算找不到野牛,我们也能打到点别的什么东西带回去。"

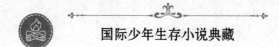

"我没有意见。你打过野牛吗？"

"打过。这后面有一片草地，如果那周围有野牛的话，我们会发现的。那里因为水草好，又避风，所以野牛爱待在那儿。如果我们发现一群的话，先把它们引到外面去。"

过了一会儿，埃利斯举起手来，因为这时再说话就显得不明智了，他翻身下马，把马系在一棵树上。乔也赶紧从骡背上溜下来，把骡子的缰绳系好。他跟在埃利斯的后面，穿过一片松树林，俯视远处的一片开阔的草地。

十六头野牛一边迈着慢腾腾的步子四处走动，一边用沉重的蹄子踢着草。埃利斯轻轻地架起他的步枪，仿佛那是他的一段加长的胳膊。他叹了口气，开了枪，一头野牛重重地倒在地上。埃利斯朝另一头站在兽群边缘位置的母野牛看了一下，并重新装好子弹。

他们开枪放倒了六头野牛。其余的野牛在闻到血腥味之后，冒着漫天飞舞的雪花，笨拙地撒开蹄子逃走了。埃利斯看着逃跑的牛群，直到它们消失在视线中。乔开始喜欢上这个年轻人。乔还不知道埃利斯会是什么样的一种人，但他一定不是随便就大开杀戒的那一种。在这之前，他曾经打过野牛，因为那是他工作的一部分，而不是因为他喜欢杀戮。就他的喜好来说，乔怀疑一只飞奔的兔子或是一头潜伏的麋鹿应该更对他的胃口。

埃利斯问道："这些野牛我来剥皮，你能利用这段时间拉一只雪橇上来吗？如果我们都离开的话，这些野牛肯定会招来狼。"

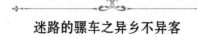

"我来帮你剥皮。"

"不用了,这个很简单。你回来的时候我就处理好了。"

乔说:"在去拉勒米的路上,泰德打了一头野牛,剥皮费了我们很长时间。你是从哪里学到的?"

"是吉姆教我的。"

乔骑上那头母骡回到斯内德克商行。他把两头骡子套上挽具,再将它们套在斯内德克的一只大雪橇上。他沿着此前他们走过的痕迹前进,接着他看见那六头被剥光了皮而且已经冻住了的野牛的躯体。埃利斯一边来回走着,一边搓着双手取暖。

"最好把野牛的驼峰剜下来,"埃利斯说,"那是野牛身上最好的一块肉。"

乔挠了挠头,说道:"我听说过驼峰,可是我不知道该怎么剜出来。"

"我剜给你看。"

驼峰上面有一根脊骨,不过走向不是很清晰。埃利斯把刀插进去,熟练地剜着,取出一坨三磅重的肉来。在埃利斯的指导下,乔从接下来的那头牛的身上也剜下一坨肉。他们把这些肉堆放在新剥下的牛皮上。

当他们把肉装到大雪橇上的时候,乔对埃利斯突然产生一种说不清的感觉,他心事重重地沉默着。当他愿意干活的时候,这个年轻人无疑是一个很勤奋的人;当他想要对人表示友好和尊重的时候他也能办得到。不过埃利斯总是给人这样的一种感觉:他会分毫不差地按照他自己的想法做事。如果碰巧那是件居心不良的事,那别人怎么可能做到及时提防呢?他说话做事很冲动。十有八九他会把对一件事的想法告诉你,哪怕他所说的可能会让一些人感到非常难堪。虽然那是一种诚实的性格,但那也可能会是一种冷酷的行为。埃利斯是一种什么情况,乔还不完全清楚。至于芭芭拉,毫无疑问埃利斯在她面前显示出他已对她神魂颠倒,不过在去拉勒米的短途旅行的路上,他会尊重并照顾好她吗?对此爱玛显得信心十足,但乔心里完全没谱。当他们在装最后一块肉的时候,埃利斯阴沉着脸,一言不发。他性格中的那种不确定性让乔感到很郁闷。

第二天,两个人一起去砍树。乔对天上扫了一眼,他感到很诧异。尽管太阳依然灿烂,不过空中有一种让乔无法琢磨透的东西。那是一种虽然微弱却很吓人的东西,就像没有刮风,却有一片树叶突然沙沙作响一样,而且随着时间一天天推移,那个东西似乎会变得更为强大。不过,它只是给乔带来一种不安的感觉,并无明摆着的事实可以证明在太阳的后面潜伏着一种冷酷而可怕的东西。

在这一年的最后一天,埃利斯骑着他的马,芭芭拉跨上斯内德克的一匹马,她的舞裙装在马鞍后面的一个包里;托尔家的其余成员目送着这两个人,他们开始沿着小路出发,去参加在拉勒米举办的新年舞会。

第四章　芭芭拉和埃利斯

斯内德克的那匹棕色的马的脸上有着白毛条纹。当芭芭拉骑上它的时候,她有几分害怕。在她此前的生活中,芭芭拉已经习惯了与各种家畜打交道, 对它们有一种与生俱来的理解以及深深的同情心。不过芭芭拉的骑术只限于骑密苏里州农场里那些性格温顺的马。现在她觉得胯下这匹非常敏感的马在颤抖,仿佛渴望奋蹄而去。芭芭拉控制着这匹马,她弯下腰,好像在检查马镫下垂的长度。

　　芭芭拉并不害怕这匹马,不过当埃利斯看着她时,她战栗着,唯恐做错什么。埃利斯熟练地调转马头,来到她身边。

　　"需要我把马镫的长度缩短吗?"

　　"不用,我只是看一下。我想应该没问题。"

　　芭芭拉开始喜欢上这个年轻人。因为在一些细微的礼节上,埃利斯觉得理所当然应由他对她献殷勤。不管芭芭拉需要干点什么,除雨果·吉尔里之外,她曾经交往过的其他青年男子都会等着她。芭芭拉尝试着勒马转身,这匹马立刻做出了回

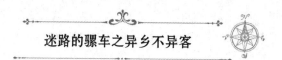

应。这让她恢复了信心。这匹精神抖擞的马现在被她彻底驯服了，无须强迫，它就会明白骑手的意思。芭芭拉跟在埃利斯的后面，两人各自策马朝那条小道走去。他们转过身，朝送别的一家人挥手告别，托尔一家也回应地挥着手。

天气清爽而寒冷，持续的北风刮在两个年轻人的脸上，他们的脸颊被冻成了暗红色。不过他们并不觉得寒冷，因为他们是按照时令穿衣的：芭芭拉穿着厚实的棕色外套，遮挡着裤子的上半截，头上裹着一条羊毛围巾。另外，正值大好青春，他们心中充满着对一场激动人心的舞会的向往，这在精神上也温暖着他们。

在此之前，骑兵巡逻队在这条小道上每周至少巡视一次，有时会更加频繁。巡逻兵们常常在斯内德克商行停下脚步。不过有一位士官总是叮嘱他们，如果他本人在履行职责时有疏忽大意的时候，那么其他人要有更强烈的责任感，要对可能发生的事情有更强的判断力。因此，这让那些只是在形式上执行巡逻，而实际上想黏在芭芭拉身边的年轻士兵们大为光火。他们从未在斯内德克商行待上很久。不管怎样，小道上因为那些巡逻兵而挤满了人，埃利斯退回芭芭拉的身旁骑马前行。

埃利斯穿着一件野牛皮大衣，厚实的裤了，双层羊毛袜外面套着宽松的鹿皮鞋。在他的马鞍后面是一个包裹，里面装着必要的盥洗用品和要换的衣服，这些也被芭芭拉看在眼里。密苏里州的男人们在参加舞会或聚会时，穿的都是下地干活时的衣服，而去参加拉勒米兵营舞会的当地老百姓也很少有不怕麻烦，乐意换下油腻腻的鹿皮装，或是换下任何正穿在身上的

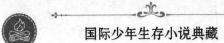

衣服的人。不过埃利斯打算让自己显得有派头一些,芭芭拉知道他这样做都是为了她。

埃利斯的很多东西吸引着她,然而,当芭芭拉自己问自己如果嫁给这个人会有何感受的时候,她的脑子里却找不到答案。事实上,尽管他们此前相处了不少时间,但是他们并没有太多的交流。她对他的情况知之甚少。埃利斯对她的父母亲似乎是直言不讳,可是当他独自面对芭芭拉的时候,他容易变得沉默寡言。而且自从她在埃利斯面前忽然不知道话该从何说起之后,他们之间的谈话常常就停在那里,再没有了下文。

芭芭拉时不时总会想起雨果·吉尔里的机智以及他那令人陶醉的谈话;想起他与她分享的那些奇闻逸事以及永远也说不完的故事的时光。她也还记得他那双胳膊搂着自己的感觉——尽管芭芭拉生气地将这些回忆撇在了一边。雨果虽然是个令人讨厌的家伙,但是芭芭拉无法否认,此前他在自己的脑海中一直挥之不去。雨果的镇定自若与风度翩翩虽是骗人的把戏,但那种把戏加剧了埃利斯一次次长时间令人尴尬的冷场所带来的烦扰。不过话又说回头,当埃利斯全身心地看着她的时候,她又激动不已。尽管芭芭拉还不能肯定自己对这个男人有什么样的感觉,但她已经是个大姑娘了,她被他的一往情深所感动。

埃利斯骑的那匹肯塔基州良种马,毛发光泽,强劲有力。它一会儿兴致勃勃地看着小道两旁的每一样东西,一会儿高高地扬着脑袋,向前伸着耳朵。埃利斯虽然没有夸耀他的马,但掩盖不住对它的喜爱。芭芭拉偶尔也想知道,埃利斯对其他的事情是否也有那种激情。她为他织的那顶羊毛帽被他拉下来遮着左脸，以抵御吹着脸颊的寒风。埃利斯朝她转过身。

"你觉得怎么样？"他问。

这句提问是在刻意营造快乐与随意的氛围，不过不知怎么的，它显得那么生硬和刻板。尽管芭芭拉试图报以欢快的回应，但一时半会儿她还是做不到。

"挺好的！"

芭芭拉笑了。当埃利斯也报以一个微笑时，她不自觉地认为埃利斯的那张笑脸温暖而迷人。可芭芭拉还是觉得放不开，她无法理解自己的这种感受。当埃利斯邀她去参加舞会的时候，这看上去似乎像是一次精彩的冒险活动。每晚上床睡觉的时候，芭芭拉总希望埃利斯的邀请能获得她父母的应允。可现在他们真的上路了，并开始向拉勒米前进，她反而担忧起来。在此之前，她也和小伙子出过门，不过从来没有在外留宿过，她突然想知道，如果她在密苏里州的那些朋友们知道这件事了会怎么说。这个想法本不该让她觉得不安，可实际上它的确影响到了她的心情。身边的这位年轻男子目前来说还算是个陌生人，芭芭拉认为和他一起出门完全是事先考虑不周的结果。

芭芭拉把缰绳换到另一只手，当她做出这个动作时，缰绳从马脖子上一扫而过，那匹马半转过身来。芭芭拉忽然觉得有些不好意思。在此之前，她拉缰绳时一直没有使上力，对此，她并没有在意。这造成她一直是前俯后仰地骑在马背上，在埃利斯的眼里她的姿势一定不完美。不过，当她开始解释自己的错

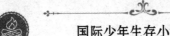

误时,埃利斯故意把眼神瞥向一边。芭芭拉开始让自己放松下来。

一头小狼从灌木林中闪了出来,它沿着小路向前奔跑。埃利斯下意识地大喝一声,他跟在狼后面紧追不舍。芭芭拉被埃利斯吓了一跳。她控制住马,一边让它缓步前进,一边注视着前面的情况。她的眼睛闪闪发光。埃利斯骑着自己的那匹高头大马,仿佛与马融为一体,他与马的每一个动作都十分协调。芭芭拉看到狼把埃利斯远远抛在后面。埃利斯笑着回来了。芭芭拉也笑了,顷刻间,他们之间所有的隔阂似乎突然冰释了。

"难道没有人告诉过你,马是跑不过狼的吗?"

"这匹'神驹'跑得过。是我让它回头的。我不想吓死那条可怜的小狼。"

两人大笑起来,就像听了某个能让人笑破肚皮的笑话一样。两匹马一边沿着小道快步走,一边频频点着脑袋。埃利斯开始注意起渐次消失在松树丛中的六只麋鹿。芭芭拉朝埃利斯的侧影偷瞄了一眼。

在此之前,芭芭拉认真地分析过埃利斯。她很想早日成为人妇。不过,婚姻大事可不只是男女之间海誓山盟一番后就生活在一起那么简单。与自己所目睹的密苏里州那些乡邻的婚姻相比,她认识到父母的婚姻完全不同。芭芭拉的父母彼此之间有着一种特殊的感情。那不仅仅是身体上的相互关照,甚至不只是满足于分享家庭与子女之间的欢乐。他们同享欢乐,共担烦忧;只要一方过得开心,另一方就会没理由地也跟着高兴。当乔某个晚上从坦尼店里精神百倍地回来时,那恰恰是爱玛高兴的源头。这是一种相濡以沫的境界,为了创造一个"我中有你,你中有我"的二人世界,双方都愿意放弃各自的个人世界。对此芭芭拉虽然难以说出个究竟,但是上一辈人的婚姻的确像是"同呼吸、共命运"之下彼此真正的融合。芭芭拉从来没有遇上哪个男人让她感觉到要把自己的生命与对方的合二为一,彼此不分,她想知道在自己的身上是不是缺少了点什么。

埃利斯向她求婚的那个晚上的情形,芭芭拉还历历在目。当乔一家刚到斯内德克商行的时候,芭芭拉听到吉姆·斯内德克说,埃利斯是一个花花公子,但对此她并没有多想。因为在她看来男孩子追求女孩子是件十分正常的事。不过随着一天天过去,她发现自己居然没来由地留意起埃利斯来。当她在小屋里忙家务的时候,她会朝窗外多看几眼,看看他是不是在旁边。当埃利斯邀请她和他去散步的时候,她很高兴地就去了。

他们在一片漆黑、没有月亮的夜晚漫步,她听见埃利斯对她说:"我爱你,鲍比!你愿意嫁给我吗?"

芭芭拉回答:"我……我不知道,埃利斯。"

那之后的几天,芭芭拉一直躲着他,还有点怕他。不过她常常又忘记了之前的事,因为埃利斯身上的某些东西把她吸引了回去。

现在,当她仔细看着埃利斯的侧影时,她知道她之前的回答是唯一可以对埃利斯说的话。她当时不知道答案,现在她仍然不知道。埃利斯突然转过身来,芭芭拉立刻把目光瞥向一边。

"我们来赛马吧!"他说。

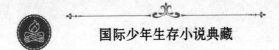

"哦,埃利斯……"

"来吧!"

埃利斯用双膝触碰他的马,芭芭拉接受了这个挑战。他们都大喊一声,肩并肩沿着那条小道赛起马来。芭芭拉让缰绳松弛了一会儿,她用一种近乎狂野的意志力,策马向前冲。她很想赢,不过她无法取胜。虽然她的坐骑不错,但还是埃利斯的更胜一筹。埃利斯冲到前面,拉开了他们之间的距离,当他领先芭芭拉大约三十米的时候,他停了下来,脸上露出了笑容。

"我赢了!"

"你骑那匹马,肯定会赢的。"

埃利斯说:"这匹马的优点一眼就能看得出来。这是男人志在必得的一种马。你想骑吗?"芭芭拉有了一种轻松自在的感觉,她的爸爸几乎也会用同样的方式夸赞这匹马。

"真的想试试!"

两个人互换了坐骑。即便是在帮芭芭拉缩短马镫长度的时候,埃利斯也用手控制着芭芭拉的马。芭芭拉骑着那匹大马,她体验到了一种骤然而来的惊悚。她听说过马术的乐趣,不过到目前为止,她还从来没有真正体验过那种滋味。神驹虽然一直安静地站着,但它却能让马背上的骑手感受到它绝尘而去的那种潜能。芭芭拉有一种眩晕的感觉:如果她任由这匹马奔跑而不制止它的话,它完全可以跑到世界的尽头。马回过头来用温柔的眼神看着她,不过当芭芭拉希望它做出什么动作的时候,它立刻就有反应。它的步伐是那么的轻盈和从容,芭芭拉有一种好像要漂浮起来的奇怪感觉。当她骑出不到三

百米远的时候,她知道,这匹马完全在她的掌控之中了,不管芭芭拉想要它做什么,这匹马都愿意配合。芭芭拉朝埃利斯做了一个搞怪的鬼脸。

"现在我们开始比赛!"

两人又策马飞奔起来。神驹载着马鞍上身轻如燕的芭芭拉,仿佛插上了一对老鹰的翅膀。正当芭芭拉以为她已经把埃利斯远远地抛在身后的时候,埃利斯几乎已经赶到了她的身后。芭芭拉骑的虽是一匹更好的马,但埃利斯是一名更好的骑手。芭芭拉控制住她的坐骑,让它缓步前进。

"我赢了!"

"骑上我的神驹你能跑过任何人。你喜欢这匹马吗?"

"它简直太棒了!"

"可不是嘛。"

两个人又肩并肩地骑行,此前所有的客客气气都不见了,取而代之的是大大方方的亲切感。

埃利斯递给她一张纸条。

"这是你的舞伴卡"。

芭芭拉展开纸条,上面写着:"第一支舞,埃利斯。第二支舞,埃利斯。第三支舞,埃利斯。第四支舞……"共写了二十支舞,每支舞的舞伴都是埃利斯。她假装生气地看着他。

"应该由我自己来填写我的舞伴卡!"

他笑了。

"我提醒你一下总是可以的吧?"

"你想得美!"

"我一直都这样。"

两人又笑了。这时,两匹马向前竖起了耳朵。顺着两匹马专注的目光向前望去,他们发现有一支巡逻队从一座小山旁过来了。当他们彼此走近时,警长邓巴向他们打起了招呼。一看到老朋友,芭芭拉就激动起来。

"您好!"

"您好!"两人异口同声地喊着。

巡逻队策马走上前来。因为将会错过在拉勒米举行的新年庆祝活动,陪同邓巴的六名士兵个个神情沮丧,一脸的不高兴。在这些人当中,芭芭拉一时还没有发现一张熟悉的面孔。

当邓巴的眼神从芭芭拉那儿扫射到埃利斯身上的时候,他的一双眼睛亮了起来。

"你是去拉勒米吗?"他问。

"嗯,"芭芭拉高兴地说,"我们要参加那里的舞会。"

邓巴吼道:"扬科斯基,吉尔里,你俩站好队!"

芭芭拉发现自己与雨果·吉尔里正面相对。在看到他的一瞬间,芭芭拉的心凉了半截。

雨果·吉尔里脱帽行鞠躬礼。然后,他朝邓巴转过身,按严格的军礼汇报说:"警长邓巴,我可以单独和托尔小姐待上五分钟吗?我有一件重要的事情要对她说。"

邓巴皱起了眉头。

"芭芭拉,你也同意和二等兵吉尔里交谈五分钟吗?"

芭芭拉感到很纠结。她知道吉尔里不值得信任,不过现在身边有这些人保护她——如果他确实有一件什么事情的

话——她一本正经地回答道:"五分钟应该足够了。"

芭芭拉沿着那条小路继续往前骑,吉尔里跟在她的身后,他们一直走到没人能听到他们说话的地方,不过仍然没有走出其他人的视野范围。

接着,芭芭拉朝他转过身去,问道:"什么事?"

雨果·吉尔里咬着嘴唇:"我们能不能走到那些家伙看不见的……"

"你要说什么事呢?"她打断了他的话。

雨果·吉尔里眼看劝不动她,于是他深吸了一口气,说道"芭芭拉,那之后我就再也没有见到你,我本想就那天晚上我恶劣的表现向你表示歉意。我希望你能知道的是,对你我怀着最深的关切和无比的敬意。希望你能给我一个机会证明这一点。我是不是很快就可以再见到你呢?"

雨果·吉尔里的声音低沉而温暖。他看起来认真得有点可怕。她有没有可能对他做出了误判?她动摇了,雨果·吉尔里看到自己有了可乘之机。

"我现在不会逼你立刻给我回复,"他谦虚地说,"不过,等这次的巡逻结束后,我会去斯内德克商行,到那时候……"他压低嗓门,直到他的声音听起来比说悄悄话的声音稍大一点,"你会出来见我的,对吧,芭芭拉?哪怕只有一个小时!"

芭芭拉又犹豫了,某个心魔在激励她说:"你又没有答应嫁给埃利斯。为什么不见见他呢!哪怕是一个小时也好!"芭芭拉努力装出一副冷漠的表情,她扬起头说:"也许吧,不过我不能肯定。"接着,她勒马转身,朝其他的那些人飞奔而去。

埃利斯看着她红着眼睛回来了，他杀气腾腾地瞪着吉尔里。归队后，雨果的脸上是一副十分暧昧却又非常友好的表情。这次能见到芭芭拉，对雨果来说真的是撞上了好运气。

芭芭拉看到埃利斯快要发作了，不过她觉得他没有权利对雨果动怒，而且她也不会安慰他。芭芭拉将眼睛望向别处，避免一直盯着邓巴看。邓巴问："你们一家都住在斯内德克商行，对吧？"

"是的，"芭芭拉笑了，"他们希望看到你。"

"我们在出门巡视的路上不能停下来，"他遗憾地说，"不过，在回来的路上我们一定会去拜访的。那些小家伙都好吗？"

"他们都很想念你。"

邓巴的脸上洋溢着幸福的微笑，他对埃利斯说："把这位年轻的小姐照顾好啊！"

"我会的，"埃利斯对他作出保证。他的目光再一次朝吉尔里扫了过去，芭芭拉在埃利斯的身上又看到有什么东西像要爆发似的，那应该是一种让女孩子担心的东西。

两个人继续往前走，大多数时候他们让马走着前进，不过偶尔也让它们小跑一会儿。天上铺满了云层，太阳也消失了踪影，这之后天冷得更厉害了。芭芭拉想起妈妈为她准备好的午餐。

"我饿了。"她说。

埃利斯苦着脸回答道："还没到中午呢。"

"不管了，我们先吃吧。"

"女王陛下，您的愿望就是我要服从的命令。"他的话语里还带着怨恨的语气。

埃利斯下马后搀扶着芭芭拉下马，他又把拴在两匹马身上的缰绳系好。埃利斯朝离小道几米开外的一棵松树走去，他挑容易折断的、较矮处的树枝，抱回来一大捆，并在被踩实的雪地旁边燃起了一堆篝火。芭芭拉走到能烤到火的位置坐下，她打开三明治的包装。她以为里面夹的是烤野牛肉，不过当她打开夹层一看，里面夹的是没有吃完的圣诞火腿肉。一股感激之情涌上了芭芭拉的心头，在打发两个年轻人赶紧出门享受美好时光的同时，妈妈没有忘记让他们带上最美味的餐点。

"这太棒了！"芭芭拉对埃利斯叫道，可是埃利斯只是默默地吃着，几乎没有在意吃的是什么东西。

芭芭拉笑了，她大咬一口，开心地吃了起来。吃完手里的三明治之后，埃利斯又拿了一个，他打算上路后再吃。埃利斯朝小路的前方看去。当他朝芭芭拉转过身来的时候，他一脸的严肃。

"情况不妙啊。"

她随便回应道："有什么问题吗？"

埃利斯离开了她，他观察起天空与树枝的晃动。

"北风转成了东风。"

"风向会不会继续发生变化呢？"

"鲍比，"他很严肃地说，"我们即将面临一场暴风雪。我们最好赶紧上路。"

芭芭拉半信半疑。

"你敢肯定吗？"

"百分之一百！"

埃利斯帮她把三明治重新包好,把食物放回她的鞍袋里。芭芭拉越来越关注即将到来的灾难天气,并有点害怕。不过在埃利斯帮她骑上神驹之后,芭芭拉低头看着他,并开始冷静下来。一场暴风雪即将来临,因为埃利斯是这样说的。不过他似乎很平静,不知怎的,芭芭拉觉得埃利斯知道该如何应对这种恶劣的天气。

"我们要抓紧时间了,"他对她说,"我之所以扶你上我的宝马,是因为它会跟着我走,我知道它会跟得上我。如果你有什么需要的话,就对我说一声。"

当两人再次迈步前进的时候,一股冷气吹进芭芭拉的后背。自从他们出发以来,风是迎着他们左脸颊吹的,现在风扑面而来,芭芭拉迎着风低下了头。她有一种强烈的预感,某种可怕的灾难即将来临。在阴云密布的天空中,仿佛潜伏着一头冷酷无情的巨兽,正准备扑到他们的身上。

埃利斯以慢跑的速度前进,芭芭拉的坐骑紧跟在他的身后。芭芭拉感觉得到她的坐骑有了不一样的变化。神驹也知道老天正在酝酿着一场暴风雪,它害怕起来。不过,这匹马对埃利斯好像有一种盲目信仰。风声由呜呜的低吟变成野蛮的嘶吼,芭芭拉把头垂得更低了。当埃利斯大声喊话的时候,她抬起头来,这令人感到害怕,因为他不得不扯着嗓子喊。

"你没事吧?"

她喊着回答:"我没事。"

"不用担心。"

芭芭拉的声音里透着恐惧。

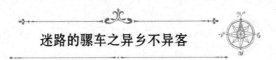

"你,你不认为我们最好原路返回吗?"

"绝对办不到!"

第一场雪来了,风裹挟着密集的颗粒状的小球刺痛了芭芭拉的脸,让她上气不接下气。天色变得昏黄,当她抬起头来的时候,只能看见两边几米远的距离。在她前面不远处,埃利斯变成了一个被雪褥裹着的人影。他们一段接一段地朝前走啊走,她不知道过去了多少分钟或是多少个小时。狂暴的风更加肆虐,呼吸变得更加困难。芭芭拉想哭出来,可是她知道自己不能哭。寒风舔舐着她的身体,似乎要钻到她的骨头里面去。她意识到埃利斯在呼喊她,不过那声音听起来似乎隔着很远的距离。

"把缰绳给我!"

芭芭拉没有多想,她把缰绳交到埃利斯伸出来的手中,接着她死死地抓住马鞍的鞍头。现在两匹马顶着风雪前进。芭芭拉觉得大难临头了。这是末日吗?这就是她生命的尽头了吗?她被冻得麻木了,双手和脸已经不能再感知到什么。她几乎要从马鞍上滑落下来。接着,芭芭拉意识到埃利斯又喊了起来,她看见他站在自己的身边。

"下马!"他重复着。

芭芭拉滑进埃利斯的怀里,她感觉得到他的双臂围着自己的身体。他把她抱起来。她还听到了风声,但是风没有吹到她的身上,雪花也没有落到她的身上,她知道他们已经找到了一处避难的地方。芭芭拉模模糊糊地看见他们走进房门入口,并感觉得到埃利斯把自己轻轻地放了下来。埃利斯的喊叫声

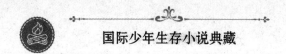

听起来非常响亮，因为他忘了现在已经不需要再喊着说话。

"你能站起来吗？"

"可以！"

在埃利斯牵进两匹马，并关上门的这会儿工夫，芭芭拉的两条腿一直打着寒战。现在天已经很黑了，不过当埃利斯擦亮一根火柴的时候，她看到他们待在一间小屋里。小屋中间堆着一叠牛皮袍子。火柴的火焰摇曳着熄灭了。芭芭拉听见埃利斯在黑暗中摸索。接着埃利斯的胳膊又把她围住，他的声音很温柔。

"我们现在没事了。"

"我……我们在哪里？"

"这是吉姆当储藏室用的一间窝棚。"

芭芭拉让埃利斯搀扶着自己。当埃利斯开始脱下她的那件积了一层雪的外衣时，芭芭拉试着用自己被冻木了的手指帮他脱衣服。埃利斯又擦亮一根火柴，于是他看到了芭芭拉的鞋子。埃利斯帮她解开鞋带，脱下鞋子，并小心翼翼地让芭芭拉躺在一堆他事先铺好的牛皮袍子上。埃利斯在她身上又多盖了些袍子，不过芭芭拉还是发抖，身子似乎永远也暖和不起来似的。当埃利斯擦亮另一根火柴的时候，窝棚又被照亮了。埃利斯借着光亮把马牵到对面的墙边，并把它们系在一堆皮袍上。芭芭拉浑身哆嗦着，她从僵硬的嘴唇之间焦躁地吐出了几个字："我好冷。"

接下来，埃利斯钻到长袍下面睡在她的旁边，他用自己的体温暖着芭芭拉被冻僵了的身体。两匹马在窝棚里踱着脚，风在外面嘶吼着；芭芭拉感激地依偎着他。埃利斯用双臂搂着她。芭芭拉需要睡上一觉。

当她醒来时,窝棚里还是漆黑一片,风仍在外面嘶吼着。芭芭拉感到既温暖又舒适。她伸出一只手去触摸埃利斯,埃利斯立刻做出回应,把她的整只手和手腕放进自己温暖而敏感的手指头之间。

"芭芭拉,你醒了吗?"

"埃利斯,"她低声说道,"是你救了我们的命。"

埃利斯轻轻按压着芭芭拉的手,随意地握在自己的手里。"我一直躺在这儿想问题,"他说,"当我们深陷暴风雪中的时候,我没有把握我们能走到这间窝棚里来。要是我们没能逃过这一劫,那结果会怎么样呢?我躺在这里试图搞清楚我最后悔的事情是什么。你知道我得出的结论是什么吗?"

"是什么?"她懒洋洋地等着他的回答。这该是多么奇怪的一件事情,或许也并不那么奇怪——在这间沉闷的窝棚里,在漆黑一片以及与外界隔离的环境中,既然他们刚刚侥幸死里逃生,那么此时此刻埃利斯应该能对她敞开心扉,无话不谈;这应该比芭芭拉遇见他之后的任何时候都更容易让他对她倾吐衷肠。"你最后悔的事情是什么,埃利斯?"

"我会为没能更早地认识你,没能和你在一起多待些时间而感到后悔;我会为没有更多地告诉你我的情况,哪怕是一些不好的事情而感到遗憾。芭芭拉,我想把我所有的情况都告诉你。不管以后你会不会接纳我,我希望我说的话全都建立在事实的基础上。我是否可以告诉你关于……关于我来斯内德克商行之前的情况?"

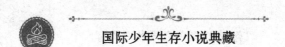

"你说吧。"她低声说。

接下来,埃利斯讲述了他的面带笑容的、温柔的母亲,以及他的慈爱的,同时也是不靠谱的父亲。父亲拿大笔的钱去赌博,过着放纵的生活,年纪轻轻就撒手人世。埃利斯谈起他的叔叔乔治,这个人不仅偷走了他们的大部分的家产,还试图用铁棒来控制他。叔叔乔治打乱了他所有的计划,在他的朋友面前让他出洋相。愤怒至极的侄子一拳打在了他的下巴上,他们之间的叔侄关系从此也就画上了句号。埃利斯告诉芭芭拉他在大学里度过了美好的一年时光,他讲述了自己爱上玛丽·哈克尼斯,并不远千里追随着她这件事。他说自己是个郁郁寡欢的人,(这一点她已经知道了),还是个急性子(这一点她也已经知道了)。他还告诉她,他为自己的脾气感到羞愧。他不能保证马上就能改掉这个坏脾气,不过他会继续努力,直到改掉这个缺点为止。埃利斯毫无保留地说完了自己的情况;只有靠体会他的言外之意,芭芭拉才能看出他是一个经受过捶打并且内心孤独的年轻人。不过他渴望友谊和爱情,乐于奉献,始终秉承一种谦逊的姿态,比起其他的一切,他更加渴求的是一种真诚的处世方式。

埃利斯脱口而出的一番率性的陈述,与雨果·吉尔里优美、圆滑的说辞有着多么大的差异啊!

埃利斯不再说话了,现在他们都静静地躺着,看着眼前漆黑的一片。埃利斯吐露了自己的心声,他和盘托出,以期望得到芭芭拉的理解。即便是现在,他既没有询问芭芭拉的所思所想,也没有要求她做出什么表态。埃利斯·加纳是一个令人感到惊奇的年轻人。对于埃利斯,她能感觉得到,她还有很多有待了解的东西,不过对于已经知道的每一件事,她都能用尊重的心态去看待。她朝他转过身来。

在黑暗中,他们搂住了对方。芭芭拉觉得这正是梦想成真的一刻。这正是她想要的美好姻缘。

就这样,在走出暴风雪之后,他们的爱情诞生了。

芭芭拉和埃利斯启程之后,乔继续着他的伐木工作。他始终不停地干着活,几乎是在拼命,不过他还是第一次在大白天里没有品尝到劳动带来的快乐。乔又砍倒另一棵树,在削去那棵树的枝丫后,他又朝下一棵树立刻发起了进攻。乔固执地摇摇头,他清楚自己惦记着芭芭拉和埃利斯,只是不愿意承认罢了。当风向从北风转为东风的时候,他不安地抬头看着天。不过他并没有领会风向改变背后的含义。他看着那些云,感到不安。他认为芭芭拉和埃利斯肯定到了拉勒米。乔知道,他只是在试图安抚自己:他已经嗅出了某种危险,只不过看不到那是什么而已。他们即便是骑着马一路飞奔,也不可能在这个时候赶到拉勒米。

快到中午的时候,乔注意到风开始嘶吼起来。他骑上那头母骡,手里紧握着斧头,赶着两头骡子朝他的小屋一路狂奔回去。不过,还没等他走进家门,雪就开始下了起来。

窗帘在呼啸的寒风中扭摆着身子,雪花纷纷落在扭曲成奇形怪状的窗帘布上。乔把两头骡子赶进马厩,然后从马厩里努力走出来。他朝商店走去。漫天飞舞的雪花落在了他的衣服上。当他走到商店的门边时,他全身都堆满了雪,像一个白色的幽灵。乔走进店里。

"吉姆?"

"什么事?"

"我们可以沿着那条小路往前走吗?"

"不行啊,伙计!我们会在雪地里迷路的。这之前我们去过两次,结果吃了大苦头。"

"可是那两个孩子……"

"你别没事找事,"斯内德克建议,"那个埃利斯·加纳,他可是个精明能干的家伙。他会知道该怎么办的。"

"反正我要去!"

斯内德克走到放步枪的枪架那里,他从中拿出一支步枪,用双手抓住枪口,"你胆敢上路的话,我就用这支枪把你放倒在地。"

"那条路我们无法通过吗?"

"通不过,另外你还得想想家里的其他人。"

"我……"

"你别大惊小怪的了。不久前沿这条路回营的那些当兵的,至今都没有再露过面。他们不得不在肮脏、简陋的雪地窝棚里临时避难。你没有必要去送死。雪停之后,我跟你一起去。现在你回你的小屋,别再干些冒傻气的事。"

乔在被狂风吹送的大雪中跌跌撞撞地迈步,他甚至只能隐隐约约地看见自家的小屋。乔打开家门,他需要使出全身的力气才能把顶着狂风的门关上。离夜幕降临尽管还有几个钟头,可爱玛已经点亮了一盏提灯,灯光映着她那张煞白的脸。

"乔,那两个孩子……"

"他们有马骑。这个时候他们应该已经到拉勒米了。"

乔其实只是说出了他所希望的情况，他也知道实际上并非如此。爱玛明白他的心思,不过她什么也没说。乔脱下积满了雪的帽子和大衣,走到一扇窗前。他甚至看不清六十米开外的树木。乔死死地攥着两只拳头,指甲深深地插到了手心里,他的喉咙干得冒烟。谁都抵挡不了这样的暴风雪天气。要是埃利斯和芭芭拉没有抵达拉勒米的话……

泰德坐在地板上忙着为阿尔弗雷德和卡莱尔雕刻木刀。小乔一本正经地看着,不过当他伸手去拿泰德的刀时,泰德把刀夺走了。

泰德一反常态,用一种温柔的口气说:"不行,你会割伤自己的。"他漫不经心地说,"妈妈,暴风雪好像要停了。鲍比和埃利斯不会有事的。"

爱玛的腿上抱着小爱玛,她知道泰德是想让她放心,爱玛无力地应了一声:"是的,亲爱的。"

这一天的下午,时间显得格外漫长;到了晚上,情况变得更加糟糕。乔勉强把饭菜送到嘴里咽下去,这顿饭吃得没有一点儿滋味。他的耳朵一直在听着狂风吹打小屋的声音,心里面想的全是芭芭拉和埃利斯的事。风雪大作的这个晚上,他躺在爱玛的身旁聆听着屋外的声音。他无法入睡,他知道爱玛也醒着。这个晚上有一个星期那么长,乔被一个异样的声音吓了一跳。他在黑暗中坐了起来。接下来——

"乔在吗？"是斯内德克来了。

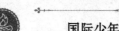

"怎么了？"

"快点，现在我们可以走了。"

乔溜下床后穿好衣服，爱玛站在他的身旁。她帮他拿来帽子和大衣。爱玛整夜都在低声地祷告，现在她的眼睛里仍然流露着那种祈祷的神色。乔按压着她的手以示安抚，当打开房门的时候，他看到雪已经停了。斯内德克踩着一双雪地鞋，他的背上绑着另外两双雪地鞋，还有一双雪地鞋斜靠在小屋的墙边。

斯内德克跪下来帮乔系好雪地鞋的鞋带，然后摇摇晃晃地沿着小路朝前走。乔笨拙地跟在他的身后。他从未穿过雪地鞋，他发现鞋子很不跟脚。斯内德克退回到他的身边。

"你不要踢脚，"他建议道，"要踩在雪地鞋上面走。你慢慢地就会掌握窍门的。"

乔认真地说："我会跟上你的。"

当乔奋力保持与斯内德克同步前进的时候，他的身上开始冒汗。斯内德克比他年长，但他已经穿了好多年雪地鞋了。乔脱下帽子，用戴着手套的一只手为出汗的脸扇着风。就算雪地鞋让他筋疲力尽，他也会继续朝前走。斯内德克回过头去给了他一大块肉。

"干肉饼，"他说，"赶路的时候少不了它。"

乔吃完肉，身上又恢复了一些力气。在这片冰雪世界里，处处都是雪堆，这时候太阳升起来了，乔朝离他不足六米的斯内德克费力地走过去。

"你之前知道暴风雪会来吗？"乔大声问。

"喂，别犯傻了。你是不是认为，我预知了这场暴雪却仍然让孩子们出门啊？"

他们继续往前走。乔觉得自己好像一直都在走路，并且必须继续走下去似的。不过，当乔看表的时候，他发现自己才走四个小时。他觉得自己真的是着了魔，居然让两个人冒着生命危险在这个恐怖的白色世界里饱受煎熬。接下来，他们爬上一座小山丘，斯内德克停下来用手指着什么。

在那座小山的山脚下，两匹没有人骑的马，正在一个雪堆里艰难地行进着。马的身后跟着两个人。引路的那个人穿着一件野牛皮外套，戴着一顶银流苏的帽子，另一个人穿着厚实的棕色外套。乔忘了自己还没有学会该如何踩在雪地鞋上前进，他跑了起来，并赶上斯内德克，两个人同时到达了那两个人所在的地方。筋疲力尽的两匹马喘着气，它们停下来休息。乔跳到那两匹马刨出来的雪沟里，朝女儿张开双臂。

"鲍比！"

"你好，爸爸！妈妈担心我们了吧？"

"有那么一点，"乔没有刻意隐瞒。他看着她那张疲惫的脸，又抱住了她，"你们是怎么从暴风雪中走出来的？"

埃利斯说："我们根本没有达到拉勒米。就在那座小山的下面，在临近那间窝棚的地方，我们遭遇了大雪。"乔想起了那间窝棚。此前，他们在那间窝棚附近还看到过野牛。埃利斯接着说，"我们不得不在那里过夜。"

乔的那颗心就好像被一根铁链牢牢捆住了一样。他喘不过气来，他不知道该如何向爱玛解释这件事情。

"那间小屋里没有壁炉。"斯内德克非常肯定地说，"也没

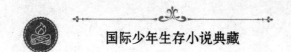

有可以取暖的木柴。你们是怎么取暖的？"

埃利斯说："我们把牛皮袍子铺在地上，身上再盖些其他的东西，我们躺下来互相取暖。"埃利斯毫不掩饰地直视着乔，"这是唯一的办法。"

埃利斯和芭芭拉满脸疲惫。不过不知怎么的，他们精神焕发，而且非常高兴，他们脸上只有那种天真无邪的表情。乔的心又是一沉。芭芭拉渐渐走到埃利斯的近旁，拉着他的胳膊笑了。

"妈妈给我们准备的午餐没有吃完，我们把剩下的午餐当早餐吃了。爸爸！当你饿极了的时候，早餐吃火腿三明治也是非常享受的一件事！"

乔同情地说："这一夜肯定糟透了。"

"这是我生命中最好的一个夜晚。"埃利斯满脸微笑，"我再次向芭芭拉求婚，这次她答应了。"

吉姆·斯内德克感叹道："我的老天！"

第五章　春天

南风悠悠,预示着春天将要来临。它让一棵棵松树轻歌曼舞,又俯身亲吻着路边的雪堤。残雪消融,使得每一条小沟,每一处洼地,都积满了雪水。乔运载原木的雪橇上的冰化开了,去年的褐色的枯草残留在两条雪堤之间,一副孤苦伶仃的样子。冬天快要结束了,再加上大太阳晒了半天,乔家小院里的雪融化了,四个年幼的孩子可以在院子里玩耍了。

爱玛和芭芭拉在小屋内缝补衣服。房门敞开着,这样母女俩好照看孩子们。爱玛的腿上放着乔的一条裤子,她迅速在磨烂的膝盖上打补丁。在此之前,爱玛曾有过这样的担忧:万一衣服破了怎么办?去哪里能找到新的布料?不过她其实用不着操这些心。在拉勒米的时候,商店里摆着整卷的布。即便是斯内德克的存货里也有一些。乔曾经向她承诺过,在大多数的贸易商行都有布料卖。

芭芭拉坐在桌子对面缝补泰德的一件衬衫。爱玛看着女儿笑了。

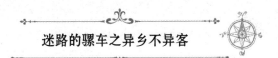

"这该是最后一件了吧？"

"是最后一件。"

"好。"一阵清风吹进门，爱玛深吸了一口柔和的空气，"天气不错，你说呢？"

"简直太美妙了！"芭芭拉感叹地说。

爱玛忍着没笑。自从那场暴风雪之夜以后，在冬天绝大多数的时候，芭芭拉都心情愉悦，走起路来脚步轻快，在她的眼里没有一样平淡无奇的东西。她在每一样东西的身上都能发现美的存在，甚至连小屋的那些粗削的椽子，她看着都觉得很舒心。爱玛任由她享受这份喜悦之情。痛苦终将会降临到芭芭拉的头上的，就像它会走近每一个人一样。不过痛苦、劳作与奋斗是某种融合在婚姻生活里的催化剂。爱玛继续忙着做家务。

爱玛为芭芭拉和埃利斯感到高兴，不过她知道在埃利斯的身上还保留着一种野性。这并不是什么稀奇的事，没有哪个年轻人愿意像一头公牛或是奶牛那样迈着沉重的脚步生活。自从平安夜以来，爱玛对这位未来的女婿越来越感到满意。当她与埃利斯聊天的时候，她觉得有理由相信埃利斯会从他的野性中成长起来。不过她没有忽略一种可能性，那就是埃利斯需要有成长的时间；而在那之前，他的急躁脾气和冲动的性格可能会让他误入歧途，或是撕毁婚约。她把补过的裤子放在餐桌上，又把穿着线的针插在围裙前面。芭芭拉缝好了泰德的衬衫，把它挂在一根木楔上。

"都缝好了，妈妈。"

"看来我们真的是太专注了。"爱玛用挑剔的眼光看了一

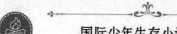

眼芭芭拉缝补的衣服，发现缝得不错，"我都忘了给你看一样东西。"

爱玛朝她的行李箱走过去，从里面拿出三匹格子布来，一匹蓝条纹的，一匹褐色条纹的，还有一匹是棕黄色条纹的。她把三匹布放在餐桌上，顺便将每匹布都展开一截。

"你觉得怎么样？"

芭芭拉的眼睛闪闪发亮。她用手指轻轻触碰着那些布料并抚摸着。

"真好看！你打算用这些布干什么呢？"

"亲爱的，做家庭主妇的人需要有一些在家穿的衣服。"

"可是，妈妈，你现在已经有好几件了。"

爱玛笑了，"我在为你着想啊。你该不会认为，我让你千里迢迢去俄勒冈，是要让你在一间小屋里受苦吧？这些布是我出发前两天从莱斯特·坦尼那里买的。"

"妈妈！"对芭芭拉来说，每一个预示着日后某一天将与埃利斯结婚的迹象里都带着一种魔力，她又摸了摸布——这份来自母亲的祝福。生命中充满了美好的期待。至于那个要来烦她的雨果·吉尔里，听说他被调离了，这让芭芭拉的顾虑一扫而空。啊，未来如同一块无瑕的白璧。

泰德走进小屋，裤腰带的一侧别着一把刀，另一侧插着一把斧头。他看着芭芭拉，笑容里带着一丝不屑的表情，爱玛生气地皱起了眉头。芭芭拉和埃利斯订婚这件事好像给泰德带来了无边的快乐，不过有一件爱玛所不知道的事：有一天晚上，在芭芭拉和埃利斯认为没有其他人在场的时候，泰德碰巧看到埃利斯亲吻他的姐姐。泰德没有让人知道他来了,他悄悄地来,又悄悄地溜走了,他从来没有向谁声张过这件事。为什么男人们非得亲吻一个姑娘呢,这超出了他的理解力。一直以来,泰德对埃利斯持有一种仰视的态度,但是自从那件事之后,他在泰德心目中的威信跌了几个档次。不过这是一个非常滑稽的秘密,是泰德私下里一直乐个没完的真正原因。"妈妈好!"泰德打了声招呼。

爱玛说:"泰德!我还得对你说多少次?进屋之前要把靴子上的泥巴擦掉。"

"哦,好的。"泰德低头看着他沾满了泥巴的靴子,"嗯,可是我又要出去了。"

他猛地冲出了门。爱玛叹了口气:"这个孩子不能安安静静地坐上一分钟!"

爱玛走到门口想看看他去了哪里,可是已经不见泰德的人影。四个年幼的孩子拾起散落在院子里的木片,他们在小乔的监督下用木片盖房子。爱玛朝乔工作的地方看过去,她温柔的目光停留在丈夫的身上。

爱玛回到屋内,给芭芭拉裁剪纸样,准备给她做在家穿的衣服。

在此之前,乔和埃利斯砍下并拉来了一些原木;乔、埃利斯和吉姆·斯内德克现在在这些原木上开槽。斯内德克虽年长一些,但他毫不示弱。他的动作虽没有乔和埃利斯那么敏捷,但毕竟他用斧头干活的年头比乔的岁数还要长。他通过技巧弥补了灵活度上的不足。尽管如此,在他们三人当中,还是乔

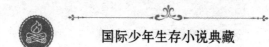

最擅长使用斧子。斯内德克开过槽的原木数量和埃利斯的一样多。

这是乔很乐意干的活儿,所以他干得非常开心。不过在他的内心深处,一种强烈的不安又开始涌动起来。他把脸转过去迎着吹来的南风。风中每一种细微的变化,几乎都成了他关心的对象。因为他们从密苏里州出发,为的是要在俄勒冈开创新的生活,这个目标不应该受到其他任何事情的干扰。当冰雪融化的时候,青草就会长起来;而当南风吹起的时候,雪就会开始融化。只要到处都有足够的青草,他们就可以继续上路了。

在离他们干活的地方不远处,生长着一小片颤杨。颤杨在风中颤抖,它们的树干和枝条都已经染上了一层绿色。一只野兔在那片颤杨林中跳跃,接着它蜷伏在一棵树的树根处,一动不动地坐着。一条欢快的狗,脸上仿佛挂着幸福的笑容,两只耳朵竖了起来。迈克踏过融雪去追赶它,于是两条狗不见了踪影。斯内德克把他的斧头放在一根原木上。

"乔,但愿我能数得出你的那条狗逮到过的小动物的确切数目。自从你把它带到这儿来之后,它就没有逮到过任何东西。"

"从密苏里州出发,它一路上一直在追赶着小动物,"乔说,"那条该死的狗所跑过的路,足以让它从俄勒冈到密苏里之间往返六个来回。不过它还是没有抓到过任何东西。"

"跑冤枉路不妨碍它对捕猎的尝试,"斯内德克嘟囔道,"这让我想起我认识的一个叫凯利的伙计,他靠设陷阱捕捉野兽。他逮到的海狸数量比谁捕获的都多。当没有人能在冰天雪地里找到野牛的时候,他却有办法找得到。不过那个伙计想捕获的是一头白熊。那地方的白熊可多了。不过他诱捕白熊所下的药不对。其他人都纷纷跑出去捕捉白熊。在得知这个消息后,那个家伙匆匆越过他设下的那些捕兽夹,脱下身上的皮衣,也冲了出去寻找白熊。他终于找到了一头。那头白熊在同一时间也发现了他。当我也露面的时候,那头白熊硬挺挺地躺在地上死了,凯利几乎也要断气。不过他咧嘴笑了,就像一只逮到一头羚羊幼崽的小狼。他对我说,'快去逮住我的熊,现在我死也甘心了。'他果真也就死了。我想你的狗也会像那个家伙一样。"

颤杨的树枝发出更加猛烈的吱吱呀呀的声音。乔看着那些树。他发现当其他所有的树木都静止的时候,颤杨枝干仍在颤抖。

"颤杨为什么会摇晃,吉姆?"他问。

"大概是木质松软造成的。我估计在木质坚硬的程度上,颤杨的枝丫比不上其他的树。"

"根本不是你说的那么回事,"埃利斯表示不同意,"颤杨是因为感受到世间的苦难才一直发抖的。"

"你是从哪学来的?"斯内德克质问他。

"我不过是天资聪颖。而且,这种说法我在书中也看到过。"

"你这个书呆子,"斯内德克呵斥道,"如果要在朴实无华的乡间培养孩子们的想象力的话,乔,那你应该把这话说给你太太听。"

乔笑了。一直以来,爱玛都在教泰德和小爱玛英语、算术和拼写方面的基础知识。教育他们帮她打发了时间,姑且不论斯内德克对家教的看法,爱玛觉得对孩子们的培养将有助于他们的进步。

斯内德克说:"你那个脸上长雀斑的儿子来了。"

迈克飞快地跑回来了,它跳到泰德的身上。这条狗围在泰德的身边嬉闹,拼命地摇着尾巴。泰德把它推开,狗跟着站在主人一侧。乔笑了。无论是在密苏里州,还是在俄勒冈小道,迈克都不能靠自己捕食。不过,让人欣慰的是,它是泰德的一个好伙伴。

"我可以拿着步枪去打猎吗,爸爸?"泰德问道。

"地上全是烂泥。"

"我会注意脚下的。"

"那好,你去吧。不过不要走得太远了。"

迈克慢慢地走在泰德身边,泰德快步走回家去拿步枪。斯内德克看着他离去的身影。

"你让他带枪出去,你不担心吗?"他问乔。

"我本来是待在密苏里州的,而不是在这里。这一路上泰德已经学到了很多东西。"

"有可能他还是片小嫩芽,"斯内德克用肯定的口气说,"我记得……"

斯内德克开始讲起他在圣达菲曾见到的一个墨西哥年轻人的故事。故事漫长而杂乱,乔心不在焉地听着。不知怎么的,密苏里州显得那么遥远、虚幻,仿佛除了在梦里,他们从来就

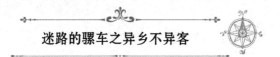

没有在那里居住过似的。俄勒冈是唯一真实的存在,在俄勒冈小道上他们已经走过了相当长的一段路程。一旦出行条件允许,他们即刻从斯内德克商行出发的话,那么与今年春天才从独立城出发的那些人相比,乔一家人赶到俄勒冈的时间会提早很多。他们有足够的时间寻找自己喜欢的土地,盖一间小屋,也许还可以种些庄稼。

"……那个孩子去了得克萨斯,"斯内德克的故事说完了,"我最后一次听说关于他的情况是,他屡屡得手,从墨西哥偷马偷牛,然后赶着牲口越过国境线。乔,你的心思没有放在我这边啊!"

"哦,哦,是的,我都听到了。吉姆,我们什么时候可以等来青草?"

斯内德克喃喃道:"等淘金者的影子出现的时候。那些人会急匆匆地赶往俄勒冈,一路上马不停蹄,直到他们赶到目的地。然后他们利用剩下的那些时间挤牛奶、犁地。我不明白为什么你们这帮人急着要离开密苏里州。"

"俄勒冈的土地更加松软,"乔笑了,"松软的土地更容易春耕。"

"呸!如果有人说男人生来就是耕田的,那么男人们出生的时候,手中会握着耕犁。"

"你的意思是,如果有人说男人生来就是打猎的,那么男人们出生的时候,手中会握着一支步枪吗?"

"那不是一码事,根本就不是一码事。你儿子好像打到什么东西了。"

山脊上响起了一声枪响,回声传到远处后就消失了。乔等着听第二声枪响,不过他什么也没有听到。二十分钟后泰德出现了,他手里拖着一头大灰狼,猎物的脖子上还系着一根绳子;迈克在此期间一直自豪地快跑着跟在他的身旁。泰德喘着气停了下来。

"有三头大灰狼!"他得意扬扬地说,"它们准备跳到迈克的身上,它们可能都没有看见我!当我打死这一头的时候,另外两只像受惊的兔子一样一溜烟就逃跑了!子弹正中它的耳朵!"

"你开枪的时候它正在跑吗?"斯内德克问道。

"没有!"泰德不屑地说,"它只是在快步走。"

"你是瞄准它的耳朵开的枪吗?"

"当然。我估猜着一枪就可以放倒它。"

斯内德克平淡地说:"好吧,要是我正在走路或是快跑时,你可别朝我的耳朵开枪呀!你再长大一些之后,就会是一个摆弄步枪的神枪手。"

"你要是打一些我们能吃的东西就好了。"乔说。

"你可别那样跟孩子说话,"斯内德克抗议道,"肉食唾手可得,狼皮可不是。把这条狼的皮剥了,再处理一下,某个要去俄勒冈淘金的人会花大价钱买下的。"

"他们会买这种东西吗?"

"凡是被他们盯上的东西他们都会掏钱。我这里什么东西都会被他们看中。要是你有一艘蒸汽船,你都能把它卖掉。他们不可能拖着蒸汽船上路,就算他们能一路拖着去,他们也不

知道在俄勒冈该拿这艘船干什么用。尽管如此，他们还是会买。好孩子，你喜欢我枪架上的那支短步枪吗？"

"喜欢。"

"你愿意拿你的狼皮换那支枪吗？"

"真的?!"泰德倒吸了一口气。

"你把狼皮剥了，那支枪归你，牛角火药桶和弹匣子你也一同拿去，子弹嘛，你得自己装到弹匣子里去。"

"哦!"泰德高兴得忘乎所以，"我可以拿枪吗，爸爸？"

"斯内德克说你可以用狼皮跟他换。"

"等我看一眼那支枪后就把狼皮剥了！"

泰德把那只大灰狼朝店里拖去。乔看着他离开，然后朝斯内德克转过身去。

"什么皮也值不了一支步枪的钱呀。"

"通常是没有枪值钱。不过呢，任何人任何时候都可以拿着狼皮来和我交换，只要他有本事瞄准一头奔跑着的狼的耳朵，并且正好打中那里。没有洞眼的整张狼皮值那个钱。"

乔不解地摇了摇头，他原以为自己已经彻底了解斯内德克，现在却发现并非如此。不过一直以来这个老人都非常喜欢泰德。

柔和的风吹了一整天，将一切东西都抛入无边无际的烂泥地里。四个年幼的孩子在外面一直玩到接近天黑。因为他们玩耍的地面较为干燥，爱玛也不用一直看护着他们。当乔进屋吃晚饭的时候，快乐的爱玛笑脸相迎。尽管开阔的平原让她感到畏惧，但是和单调的小屋的四壁相比，在春天温暖的天气

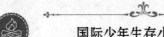

中,平原没有那么令人闷闷不乐。爱玛整个冬天都窝在家里,或是只在小屋的附近活动。现在,和煦的春风与消融的冰雪预示着她就要从禁闭中走出去。他们已经走了这么远的路,俄勒冈离他们不再是像海角天涯那么遥远。

"要不了多久草就长出来了。"乔向她做出保证。

"我知道,我能感觉得到。"

天气持续晴好,每天都有更多的雪在融化。在阳光整天照射的地方,露出了一片片裸露而湿润的土地。一棵棵颤杨吐出毛茸茸的新芽,一群北飞的野鹅鸣叫着飞过。整个冬天,爱玛的母鸡都被关在鸡笼里,现在它们可以走出去扒开泥地找食吃,而且它们又开始下蛋了。

乔、埃利斯和吉姆·斯内德克在新建筑工地上继续干活。乔心里明白,这个在山野中深居简出的老人希望他能待到房子建好之后再走。乔没有说什么。斯内德克常常想去哪儿就去哪儿,从来不用征得别人的同意。当然,谁都有这样的行动自由权,斯内德克不会抱着乔的大腿不放。不过,斯内德克老了,新建筑靠他一个人是没办法盖起来的。至于他何时能找到另一个愿意按劳取酬或是按工抵偿所需生活物资的移民帮他打下手,这个谁都没有把握。所以,斯内德克现在需要人手。

乔逼迫自己和埃利斯埋头拼命干活,因为他想帮助斯内德克,也因为他在辛苦的工作中找到了一种"止痛药",可以用它医治自己内心越发强烈的不安。埃利斯自始至终默不作声,乔让他干什么他就干什么。他们在斯内德克当初选择的施工位置砌窗台,并使用滑板把原木滚到窗台上。当墙壁砌到事先

设计的高度时,他们开始把用椽子拼起来的屋顶架上去,并用更多的椽子将其加固撑牢。乔向埃利斯演示如何从一段雪松原木的裂缝处把木头破开。只需要用斧头一击,原木就一分为二了。尽管裂缝的大小各不相同,但是用加工后的木头制成的屋顶,要比其他建筑物上用黏土泥巴混合后糊成的屋顶可要强多了。

不过,即使在干活的时候,乔也是烦躁不安。颤杨最初毛茸茸的新芽长成了小小的叶片;残雪只逗留在太阳很少照耀到的地方,它们的影子出现在那些一小块的灰色的土地上。大地像一位正经受着产前阵痛的孕妇,它要让它孕育的所有生命迎来各自的新生。

乔和埃利斯从天亮干到天黑。不过即便是在一天收工之后,乔和爱玛在小屋里也待不住。俄勒冈小道从斯内德克商行门前蜿蜒而过,消失在西边。小路的尽头是他们梦寐以求的地方。每天晚上,夫妻俩都手牵着手,沿着那条小路一直往前走。在黑暗中,乔跪在地上用双手触摸着青草;如果没有供牲口吃的牧草,他们就无法继续赶路。只有在确认茂盛的青草还没有遍地生长的时候,乔的心里才感到一丝的平静。

乔越来越不耐烦,他只能靠在斯内德克的新工地上拼命干活,以约束自己,他已经渐渐失去耐心。新建筑的规模即将达到当前店面的一半,落成后将是一个堆放牛皮袍子的仓库。在此之前,斯内德克并没有考虑到居住的舒适性。在斯内德克商行里,他和埃利斯睡在地上。他们把皮袍当床垫,再添些身上铺盖的东西。不过在新的建筑里将有放高低床的地方。在斯内德克的私人房间里还设计了一个壁炉, 这是一场真正的革

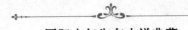

命,因为此前他从来没有用过壁炉。之前每天斯内德克和埃利斯从商行地铺上爬起来,他们都在寒冷的卧室里穿好衣服。

斯内德克本身就是个好木匠,在屋顶上他靠在乔的近旁干活,这时乔突然把锤子扔到地上。在松树林里一只北美歌雀在嘤嘤鸣啭,一只不知从哪里飞来的早归的麻雀在骂着什么。一小簇一小簇的云朵飞过天空,乔坐在那里看着、听着。斯内德克停下手头的活儿好奇地看着他。乔低头看了看商行周围正在返青的牧草,并沿小道一路看过去。

乔说:"我心里估摸着一件事,吉姆。"

"什么事?"

"这条小路虽然还不够松软,但是我的牲口目前状态都还不错。在一段时间内,它们不需要吃得太多,而一个星期之后草就长高了。"

"是的,你说得对。"

"这样的话,我们明天就要走了。"

"你们稍微等几天,会有车队从这里经过的,你可以跟着他们走啊。"

"我们这么远都是独个儿来的。剩下的路我们自己也能走。"

"我想你们是没有问题的。我只是有几分舍不得看到你、你太太,还有那些孩子们离开这里。有你们之后,这个地方在漫长的冬天里就有了可以来往的好邻居了。"

"你从什么时候开始变得要过群居生活了?"

"我想我应该是老了,"斯内德克坦言道,"埃利斯是不会让你家姑娘离开他的视线的,这你是知道的吧? 他会和你们一起走。"

　　乔看着地平线,神情肃然。他曾经对埃利斯说过,他是芭芭拉的父亲不是她的主人,他不打算为女儿包办婚姻。不过对于这一对新人他非常担心。初涉爱河是一件让人欣喜若狂的事,仿佛骑着彩虹,生命的每一刻都闪闪发光。但是很多时候,年轻的恋人们只看到闪光和彩虹。此外,埃利斯的性格还不稳定。乔想起了他认识的那些男人:克劳德·卡森、托马斯·塞弗伦斯、阿诺德·普拉斯基,这些人一直无法面对婚姻带来的问题,最终他们抛弃了自己的家庭并一走了之。如果埃利斯娶了芭芭拉又把她抛弃了该怎么办? 一个人消失在草原上是再容易不过的一件事。

　　可是乔只说了一句话:"我想他会去的。"

　　斯内德克叹了口气:"我不喜欢经营农庄,如果我喜欢的话我也会去的。不管怎么样,我想我是不会喜欢的。这个时候,俄勒冈有人正在开荒屯田。"

　　"接下来你自己可以把房子建好吧?"

　　"可以。除了把屋顶上的活儿干完,把这个地方的缝堵上,房子里面再收拾一下之外,其他就没有什么事了。一点儿也不着急。在一段时间内,印第安人还不会送货过来,过路的移民到我这里来买东西也还有些日子。如果我拖拖拉拉,工期耽搁再久一点的话,我会从他们当中找一个人来帮我。到了俄勒冈之后你知道你要去哪里吗?"

　　"不知道。我得等我们到了那里之后再做决定。"

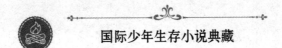

"我不是要你照我说的去做,不过呢,如果你想在乡野挑选到一处你极为满意的地的话,在走过博伊西营地之后,再稍微往前走一点就可以了。离那里不远处是阿克斯顿军营。朝军营的西面走上半天,你会遇上一条小溪。溪水极为清澈,因为小溪里有白色的石头,所以你不可能走错。在那条小溪的东岸朝北转,你会遇上一片草地,那里牧草极为茂盛,高及小马的脑袋。自从那里发生了一些令人不愉快的事件之后,移民们不愿意在那里停留,不过如果你有心去看一看的话,就将发现那是一个好地方。"

"也许我刚好要去瞧一瞧,"乔暗下决心,"那里的印第安人现在是个什么情况?"

斯内德克耸了耸肩:"他们和平时一样。如果你愿意的话,你可以做到与他们和睦相处。只要让他们知道你的枪里填满了火药,随时可以开火就行了。不过除非万不得已,一般情况下不要动枪。那样你,埃利斯,还有你那个神枪手的儿子就不会有太多的麻烦。此外,会有越来越多的移民到那里去寻找土地和定居点。如果你确实喜欢那个地方,想在那里圈出一部分土地的话,那你应该选择远离那条小溪。因为当洪水泛滥时,那条小溪真的不好对付。"

乔和斯内德克沿着梯子爬下来。埃利斯正在用锯子给窗户开窗洞,他从建筑物里走出来,加入他们当中。埃利斯四处搜寻芭芭拉,他发现了她。芭芭拉正在小屋旁的一条长凳上洗衣服。埃利斯的脸上泛起了一丝笑容。乔看着埃利斯时想到,当他像现在这样温顺的时候,他根本就不像珀西·珀尔。

　　"把衬衫下摆扎进裤腰里,勒好裤腰带!"斯内德克喊道,"明天上午你们就要走了,那我们现在就开始装车吧!"

　　乔一家人一大清早就出发了。这时,阴云密布的天空下起了毛毛细雨,一束束卷须状的薄雾在每一处避风的角落和沟壑里徘徊。芭芭拉留在骡车里照看孩子们,埃利斯骑着神驹在前面带路。芭芭拉给埃利斯织的那顶帽子稳稳地戴在他的头上。斯内德克站在商行大门口向他们挥手道别。乔一家人也回应地挥起了手,大家都是一副轻松愉快的样子。在斯内德克商行逗留期间,乔一家人过得很快乐。如今他们将要去俄勒冈,而斯内德克过一段时间便会重新适应一个人的生活。当这辆独行的骡车赶到俄勒冈小道西段的时候,其他骡车正纷纷从密苏里州的各地启程。斯内德克会找到和他一起干活的伙计,除了这里,他适应不了任何别的地方。

　　他们绕过一个弯道,斯内德克商行消失在视野中。大家都朝前张望着,没有人再回头多看。前方就是俄勒冈。

第六章　骡子

乔一家人在俄勒冈小道上已经走了一个月。被他们抛在身后的是与之前截然不同的土地。当遇到河流和小溪的时候，他们或是涉水，或是摆渡。那些河流和小溪从遥远而僻静的旷野里蜿蜒而出，以至看不到它们的源头。一块块奇奇怪怪的杂色岩石独自构成了一副荒野的景貌。远处高耸入云的山巅披着皑皑白雪若隐若现。这里不是温柔之乡，也不适合胆小者居住。不过，对于那些敢于面对挑战，有着勇敢的灵魂和坚强意志的人们来说，这片大地吐露着芬芳，是一片乐土。

　　泰德热爱这片土地，乔对它也是触景生情，而爱玛不喜欢这里。对她来说，这片土地过于广阔、空旷，环境也过于严酷。在欣赏壮美的自然景貌的同时，爱玛希望俄勒冈能比这里舒适一些。小乔认为这个地方肯定有问题，他皱起眉头寻求着答案；而剩下的三个年幼的孩子只是觉得好奇。他们厌倦了日复一日地赶路的生活，现在他们希望能在路上适当轻松一下。

　　芭芭拉和埃利斯彼此沉醉在爱河里。他们幸福地看着脚

134

下的大地。这对恋人因为天天都能待在一起,所以他们觉得每一天都是那么的不寻常;不过对他们来说,最壮观的景色和最雄伟的山脉也比不过有月亮或星光的夜晚。因为在那样的夜晚,他们可以借着柔和的夜色漫步,像所有的年轻恋人们那样,展开一对魔术般的神奇的翅膀去别处逍遥。当他们和其他人一起坐在骡车里的时候,在同一时间,他们仿佛与其他人隔开了。他们之间的一句话,一个手势,若在平常的生活中会显得不值一提,但对于恋人们来说,都具有特殊的含义。他们的二人世界是一个谁都无法进入的神奇的地方。

乔一家人没有看到印第安人,不过他们已经踏入印第安人居住的村落了。两头骡子和一头奶牛始终系在离骡车不远的地方,从来没有远离他们的视线。对泰德来说,站岗放哨是让他感觉特别快乐的事。夜幕降临之后的头几个小时由他来值班。爱犬迈克陪在泰德身边,他把斯内德克给他的步枪牢牢攥在手里。泰德对发出的每一个细微的声音都要查看一番,当四下一片寂静的时候,他也会搞出一些动静来。让泰德非常沮丧的一件事,是尚未出现印第安人,不过他还没有绝望。每天晚上十点钟的时候,泰德总是不情愿地爬到床上去睡觉。乔接班后一直守到凌晨两点。埃利斯负责第三班的戒备任务。

埃利斯躺在草丛里,头枕着双手的手心,步枪搁在身边。两头骡子站在他的近旁,在这之前,它们已经吃了个痛快。那头拴在牛绳上的奶牛正卧在那里反刍。在夜晚梦幻般的光线中,骡车上那顶已被弄脏的篷布看上去一片洁白。埃利斯的那匹大马用一只蹄子跺着地,它摇着尾巴赶着苍蝇。埃利斯抬头

135

看着那匹马,然后继续躺着,凝视着星斗满天的夜空。

生命对埃利斯而言看似可以划分为四个阶段。首先是他的童年,他想起了儿时的快乐以及温柔的母亲。在砍伤了手指,磕破了膝盖,以及其他伤心难过的时候,妈妈总是安慰着他。除了孩子本人,对其他所有的人来说,童年时所有的小灾小难都不重要。和妈妈一起骑马的记忆还历历在目。妈妈骑的是一头精神抖擞的马,而他骑的是一匹小马。在当时他的眼里,他们似乎可以永远那样骑在马背上。

埃利斯认为自母亲去世后,他迎来了异常苦闷的人生的第二个阶段。母亲的离世,让他体验到一种彻骨的孤寂与凄凉。他的父亲曾是一个深情款款、心地善良的人,他曾以自己的方式为埃利斯感到自豪。不过他一度沉迷赌博,满脑子的冒险计划,这让他没能很好他关注儿子。不过当父亲去世的时候,埃利斯极度悲伤。

被乔治叔叔掌控的那几年,是埃利斯一生中最糟糕的一段光阴。乔治叔叔是一个道貌岸然的骗子,他掌握了大部分财富。他耍的那些聪明的花招完全符合法律,使得那些想帮助埃利斯的朋友们也爱莫能助。不过,至此所有的不幸都结束了。埃利斯曾痛恨乔治,不过后来发生的一些事情,让他的仇恨在某种程度上似乎淡薄了下来,他觉得所有的仇恨不再显得那么重要了。

埃利斯人生的第三个阶段非常短暂,主要是围绕着一个叫玛丽·哈克尼斯的姑娘度过的。这个姑娘活泼、漂亮、聪明,有着浅黑色的皮肤。埃利斯全心全意地拜倒在她的石榴裙下。

现在他知道了,他和玛丽一直处在落花有意流水无情的状态。她一直尝试着尽可能礼貌地告诉他这一点。不过,当玛丽和别人结婚的时候,埃利斯的整个世界都崩溃了。

现在,埃利斯认为他的人生进入了第四个阶段,也是他的黄金的阶段。对他来说,在遇见芭芭拉之前,他好像从来不知道自己拥有爱一个人的力量。埃利斯几乎就像白活了二十多年一样,在这段时间里,他好像从来没有享受过生命。是芭芭拉让他好梦成真,在她的身上,埃利斯找到了自己生命的真谛。埃利斯感激玛丽·哈克尼斯,因为他意识到,是她暗中促成了自己现在的姻缘。埃利斯也知道爱玛非常信任他,尽管还不够彻底。此外,埃利斯有一种感觉,那就是乔对他可谓满腹狐疑。一想到乔看他时的那种担心和怀疑的眼神,埃利斯就能感觉到心里升起一股他所熟悉的愤怒与怨恨的情绪。他努力压制着这种情绪,因为改掉自己的脾气是他决心要做的一件事。

埃利斯突然坐起来,两手抓起步枪。一个不应该有的声音从黑夜中传了过来。过了一会儿,一个影子在他前面移动着,埃利斯的心在怦怦地跳。

"鲍比!"

"我睡不着,"芭芭拉轻轻地说,"我出来看看你。"

埃利斯站了起来,双臂围着芭芭拉纤细的腰肢,他吻了她一下。他们看着天上的星星。眼下在他们的眼里整个世界只有他们两个人了。

埃利斯说:"我希望我们已经到了俄勒冈。"

"为什么?"

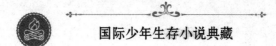

"那样我就可以和你结婚了。"

芭芭拉梦呓似的说:"我也希望我们已经到了那里。"然后她笑了。她说道,"妈妈和爸爸坚持在我们结婚之前,一家人先得在俄勒冈安居下来。他们真好笑。"

"嗯,安居下来,头上是我们自己的屋顶,"埃利斯一阵冷笑,他提醒她说,"我想他们也许对我能否撑起一片屋顶仍然怀疑。"

"哦,他们认为你是有能力的。"她咯咯地笑了,"我认为,他们在琢磨着你可能会喜欢上其他的女孩子。他们觉得你容易冲动,你懂的。你已经有过很多次的冲动行为了,埃利斯·加纳!"

"你说的一点儿也没错,"埃利斯表示同意,"我现在就有赶紧到达俄勒冈安居下来的冲动,我要给我们俩,还有我们的二十个孩子,盖一幢又大又美的房子。"埃利斯开始用一种充满柔情的声音低声说话,"我要为我的女王建造一座宫殿,整个都是纯白色的大理石,不过宫殿里面的颜色将会按你喜欢的来设计。我每天都会为你献上牛奶和蜂蜜,所有剩余的时间,哪怕只是看着你,我也会感到幸福。"

芭芭拉温柔地笑了:"哦,我不要宫殿,埃利斯。一幢好看的木房子就可以了,家里有一间很大的厨房,我可以在厨房里做你爱吃的东西。每天当你从田间地头回家的时候,你会给我带些野花回来。当然,冬天除外啊。此外,你还可以给我带些缀满浆果的南蛇藤青枝回来,这样我随时都可以把一切装扮成你想看到的样子。"

夜色缓缓消隐,曙光渐渐来临,两个人一直站在一起。埃利斯转过身来,突然感觉很不好意思。

"我不该让你一直陪着我!"

"没关系,这比睡觉有意思多了!"

"你不累吗?"

"我真的不累。"

"今天早上你想在前面骑马探路吗?"

"哦,好啊!"

两个人手挽着手走回骡车那里。埃利斯生起一堆火,烧好开水。乔伸了个懒腰,他从骡车那边走过去看那两头骡子。稍后不久,爱玛温柔地问候了这对年轻人,她亲切地注视着他们。芭芭拉和埃利斯并排坐着吃早餐。随后埃利斯把他的马装上马鞍,两个人都上了马。

骑马探哨是他们每天例行的一部分工作,他们自称是在侦察小道前方的敌情。不过实际的情况是,骡车走得慢,而神驹跑得快。那匹马为这对恋人插上了他们幻想出来的翅膀。平时他们骑在马背上也许会赶四五里路,然后两人牵着马一起步行,直到骡车追上来。不过今天早上,当他们遇到一群印第安人的时候,他们几乎看不见骡车了。

十二个印第安人骑在瘦长而强壮的小马上,他们朝俄勒冈小道走过来。埃利斯不用多看一眼就知道他们是印第安人。他紧握着自己的长步枪。

埃利斯小声说道:"你看到他们了吗?"

"看到了。"她低声回答。

印第安人让他们的马缓步前进,不过,当他们看到埃利斯和芭芭拉的时候,他们让马小跑起来。芭芭拉的双臂紧紧地抱着埃利斯。

埃利斯轻轻地说:"不要害怕。"

她颤抖着,说道:"他们……他们过来了。"

"他们赶不上我们。"

埃利斯让他的大马调转马头,让神驹按他们来时的路全速返回。芭芭拉的恐惧慢慢消失了。她告诉自己,埃利斯知道该怎么做,他一直都有办法。他们看到了自家的骡车,乔让两头骡子停下脚步。埃利斯勒马立在一旁。

"印第安人来了,"他飞快地说,"我们最好做好迎敌的准备。"

在此之前,泰德曾有与印第安人交手的想法,可当真要与他们打起来的时候,他却发抖了。泰德手里拿着步枪,背靠着骡车的车轮。泰德努力让自己不再战栗,他一边害怕地咬紧牙关,一边给步枪装好火药。乔坐在车座上,他的步枪已备在手边。埃利斯和芭芭拉还骑在神驹的身上。就在印第安人赶到之前,埃利斯尖锐地提出了自己的看法:"我们寡不敌众啊,乔。我们最好不要和他们火拼。除非他们先开枪,我们才自卫还击。一旦举枪,我们就必须要让敌人毙命。不过,泰德你要记住,你要按我说的做!除非我发令,否则不要举枪。"

印第安人来了。

这些人在大约二十米开外的地方停了下来。从他们的穿着打扮和服装的着色就可以看出他们是印第安人,而且这些

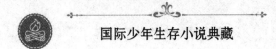

人的脸上没有显露出任何表情。他们中的两个人带着步枪,其余的人拿着弓箭。他们正盯着两头骡子、马、骡车和芭芭拉。其中一个胆大的,骑着黑色小马朝埃利斯走过去,仿佛他从没有想过自己可能遭遇阻拦,似乎也没有什么能挡得住他似的。这个胆大的家伙没有理会埃利斯,他表情严肃地打量着芭芭拉。乔的手紧握在步枪枪托上,他等着埃利斯发信号。但是埃利斯没有任何动静。

那个印第安人抬起手来,好像要摸芭芭拉的头发。没有收到埃利斯的信号,泰德不敢动弹,他几乎要喊出声来。乔紧张地俯身向前,嗓子里干得冒烟。

埃利斯还是没有发出声音,也没有任何动作。

印第安人的手摸到了芭芭拉的头发,芭芭拉没有退缩。印第安人的手还放在她的头发上,现在这个家伙开始紧盯着埃利斯的眼睛。印第安人一言不发地看了很久,那眼神既神秘又逼人。埃利斯也死死地盯着他,眼睛眨都不眨一下。对峙的气氛安静得可怕,唯一能听到的是爱玛一声声粗重的呼吸。此时,她坐在骡车里,怀里抱着小卡莱尔。芭芭拉紧咬牙关,她觉得自己接下来随时会发出一声尖叫。

印第安人轻轻抚摸着芭芭拉的头发,好像那头发带给他一种奇妙的感觉。然后他的手拿开了。他勒住马,让马转身,接着那十二个人既没有发出一点声音,也没有任何表情上的变化,他们转身沿来时的路飞奔而去。

芭芭拉的双臂变得酸软无力,但她仍抱着埃利斯不撒手。乔静静地坐在车座上,他还没有完全反应过来到底发生了什么事，因为一切发生得太快了，让人一时捉摸不透。不过有一点他是知道的，那就是冲动的、急性子埃利斯这次表现出了巨大的勇气，在所有人当中，他尤其镇定。埃利斯避免了一场必败的战斗，他拯救了大家的生命。泰德也认识到了这一点，他崇拜地注视着埃利斯，他将永远那样地崇拜他。

泰德看着姐姐，他觉得她是所有的女孩当中最幸运的一个人。

和煦的阳光洒在骡车的篷布上。尽管青草还没有长到最繁茂的时候，但俄勒冈小道的路面上和它的两侧已布满了青草的身影。青草被牲口吃掉了一些，不过不是很多。一路上他们遇到了几个从俄勒冈出发向东的人。他们是在大山出没的山民，他们有的轻装上路，随行的仅仅只有胯下的坐骑，身上的衣服，以及随身携带的步枪。有的人则赶着驮畜，少则两头，多则三十头；所载的既有毛皮也有货品，他们要把这些东西运到博伊西堡。俄勒冈小道可能是世界历史上里程最长，路面最宽，交通最为繁忙的一条东西通道。在那些渴望获得土地的移民们到来之前，这条小道还没有感受到巨大的交通压力，不过只要移民一到，它就知道什么是拥挤了。这条小道将出现持续数月的繁忙景象。跑得很快的旅行运输车此时不会扎堆赶趟儿，它们要到八月底或是九月初才会赶到这里。

埃利斯和芭芭拉一起骑着神驹，他们早就走到了小道的前头。泰德端着他的短步枪，得意扬扬地走在骡车旁边，迈克紧跟在他的身后。车厢尾端的两片窗帘布敞开着，好让空气自由流通；孩子们挤在车厢后面朝窗外眺望。他们已经踏上了俄

143

勒冈——一片承载着希望的土地，孩子们依然一副兴致勃勃的样子，虽然他们只是偶尔才做做游戏。爱玛坐在乔的身边，在这之前，她已经摘下了头上的帽子；和风阵阵，撩拨着她柔软的发丝。爱玛在心中感受着一种安宁、静谧的快乐。在这近一年的时间里，他们成了无家可归的流浪汉，而现在呢，他们将在不久之后拥有一个家。

"你看这边的地！"乔心满意足地注视着，"你看那些草！在这样的一片土地上，一个庄稼汉不费力就能把地种好！"

"我喜欢这块地，乔！"

"我也是！"

乔深吸了一口气。他有斧头、步枪和劳动工具，两头骡子和一头奶牛都是他的。一个人可能用得上的东西都在他的手边，不过现在有所不同的是，这里是一片完全自由的天空。等到乔下次耕地的时候，他就是在为自己耕地，而不是为伊莱亚斯·多兰斯。乔撩起缰绳抽打两头骡子，好让它们走得稍快一点。接着，当他想起早晨发生的事的时候，他让绷紧的缰绳彻底松弛下来——

早晨出发的时候，两头骡子还精神抖擞，当时乔对它们只是稍加注意，可现在，他看到那匹母骡走路的时候跟跟跄跄的，头和耳朵都耷拉下来。当乔撩起缰绳打它的时候，它的身体左右摇晃着。爱玛也看到了这一幕，她的说话声里显然带着一种惊慌。

"它怎么了？"

"不知道。"

乔话音刚落,两头骡子都停下了步子。马骡疑惑地朝它的伙伴转过头去,它在母骡的身上轻轻闻了闻。乔从车座上跳下来,并走到这组骡子的前头。马骡焦虑地注视着他,身上套着挽具的母骡费力地站着,鼻子几乎碰到了小道。乔轻轻抓着它们的辔头,把它们带到草地上。母骡气喘吁吁。

"它病了!"乔说,"我们必须停一停!"

泰德一脸关切的表情,他走了过来。泰德的枪挂在臂弯上。自从有了这支步枪之后,他就没有让它离开过自己的视线。

"怎么了,爸爸?"

"不知道。"

乔用最轻柔的动作把两头骡子从骡车上解下套,又卸下它们身上的挽具。他把马骡拴在木桩上,让母骡自由地走动。母骡摇摇晃晃地走了几步后停了下来。马骡焦急地跟在母骡的后面,离它非常近地站着。当乔走过去做进一步查看的时候,马骡走到了一边。乔安抚着这头生病的母骡,他向上拨开母骡松弛的嘴唇,查看它口腔内的情况。母骡的舌头热烘烘的,口中喷出难闻的鼻息。

乔后退了几步。他曾认为自己对骡子和骡子的疾病都很了解,可现在所发生的情况他并不熟悉。这也许是西部乡村特有的某种疾病,也许这头母骡昨晚或是今早吃了什么有毒的东西,也有可能是被某类毒虫叮咬了。乔肯定不会是蛇毒,因为乔熟悉被蛇咬过后的骡子的情况。他知道在被蛇咬过之后,骡子如果得到充分休息也会康复。乔在水桶里另舀出一桶水,

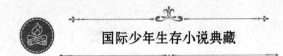

他提到母骡的鼻尖下，可是这头母骡只喝了几口就蹒跚地走开了。孩子们都关心地看着这头母骡。

爱玛问道："它是不是要死了，乔？"

突然之间，距离目的地似乎又像隔着广阔无垠的空间，漫漫征程让人陷入绝望。乔第一次充分意识到他们是多么地依赖那两头骡子。一旦失去它们，他们将是多么的无助。骡车受损了还可以修复，但是一头骡子是无法拉车的。乔转身从工具箱里拿出他带来的药，他摇了摇了那只棕色的瓶子。不过，即便是给骡子喂了药，他觉得那也只是一种徒劳罢了。药是从密苏里州带来的，而母骡患病的地方却是在俄勒冈。

泰德叫起来："它倒下了！"

乔转身去看倒在青草地上的那头母骡，他努力扶着它的脑袋，不让它垂下去。不过，正当他看着它的时候，母骡的头垂了下去，同时它的全身都匍匐在地，它粗重又困难的呼吸声听起来很可怕。母骡喉咙里发出呼噜呼噜的响声，接着是上气不接下气的几阵喘息。然后它没有动静了。马骡昂起头，竖起尾巴，发出一声震耳欲聋的嘶鸣。马骡朝它死去的同伴轻轻地、慢慢地走去，它用自己的口鼻触碰着母骡的身体。

爱玛看着乔，心里很难过，因为与整个行程中的任何一个时候相比，现在的乔显得非常心神不定，焦虑异常。她知道，呈现在眼前的并不是斯内德克说的那种土壤肥沃、水源充足的平坦的草地。他们必须走得更远一点才行，而现在却只能停下来，这令人大失所望，因为这样就会错失宝贵的春耕时间，他们没法种下第一季庄稼。比起此前经历过的任何一个时候，此

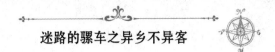

时的他们非常无奈,因为在这片无人居住的广袤的荒野,该上哪儿去买一头骡子呢?乔挺直了胸膛,他努力掩藏自己的忧虑。很显然,他们不能待在这里,不过,他们也无法继续上路。

"埃利斯很快就会回来的,"他说,"我们会把他的马与另外那头骡子一起套在骡车上。"

马骡在它死去的伙伴身边徘徊,目不转睛地看着它。乔转身离开了。七年来,这组骡子戴着挽具共同劳作。它们生性敏感,相知相惜。此时,马骡知道发生了什么,但没有人能分担它的悲伤。

爱玛同情地说:"多么忠诚的牲口啊,真是太可怜。"

乔喃喃地说:"我想埃利斯会来的。"

等埃利斯和芭芭拉回来的时候,时间已过了一个小时。他们骑着马回到了小道上,并沿着此前两人非常愉快地冒险探寻过的原路返回。他此前一路说说笑笑,可现在他脸上的笑容不见了。

芭芭拉的脸上瞬间布满了痛苦的表情,她两眼闪着泪花,这一切都被乔看在眼里。芭芭拉从马背上溜下来,她站着看了一会儿死去的骡子。然后,她的身影消失在骡车的附近。一直以来,芭芭拉都不忍心看到她喜欢的任何东西受到伤害。不过这是一片新的土地,有些东西免不了要受到伤害。在西部的这片土地上,乔不知道女儿还将遭受多少的创伤呢?

"死了一头骡子。"乔掩饰不住话里透出的一种担忧,"我真的不知道接下来还会发生什么。我们把你的马还有另一头骡子一起套上骡车,赶紧离开这里吧。"

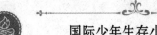

"好的。"

埃利斯翻身下马,并解下马鞍。当乔拿着母骡的挽具走近那匹马的时候,埃利斯的马站在那发抖,它有点害怕。神驹此前背上装的是马鞍,它从来没有被人套上过挽具,不过这匹马对埃利斯十分信任。当埃利斯为这匹马调整挽具的时候,它信任地用口鼻推搡着主人。

乔说:"把它牵过来。"

马骡忽然向前冲,乔一个箭步跳跃,及时避开它,辔头从他的手中猛地被拉了出去。这头马骡发狂了,它的两只耳朵朝后扑扇着。当马骡朝神驹跳过去时,它两眼闪着凶光,猛地张开它那张可怕的嘴。马骡走到拴在木桩上的那根绳子的尽头,突然止步,一边愤怒地尖叫着,一边用它狂怒的蹄子在空中狂踢。

神驹也突然向前跃起,当埃利斯试图躲避这次猛烈的冲击时,马将他拖带了起来。神驹又是打响鼻又是暴跳,当与那头愤怒的骡子隔开有一百米的距离时,它才愿意停下脚步。神驹转着眼珠,浑身哆嗦。它瞅着那头马骡,神驹似乎时刻做好了再次逃跑的准备。不过,一旦神驹被马骡赶出安全距离之后,马骡就又回到死去的伙伴那里,它静静地站在它的伙伴身边。马骡并不对乔心生怨恨。当乔轻轻抚摸着它的时候,马骡没有抗拒。不过,神驹是不可以靠近它的。

乔说:"这下好了,我们得再找一头骡子。"

"你认为它会跟另一头骡子合作吗?"

"我不确定,但它很明显不愿和那匹马一起拉车啊。"

"我去弄头骡子回来。"埃利斯说。

"你要上哪里？"

埃利斯咬着牙关，一脸坚定的表情。他说："我沿路向前找，直到找到为止。"

埃利斯从神驹的背上卸下母骡的挽具，把马鞍重新安好。芭芭拉从骡车后面走了过来，乔不解地看着她。她的脸上此前挂满了泪水，可现在一点儿痕迹都看不见了。她昂首挺胸地走着，颇有泰德的那种神气。乔有一种奇妙的感觉，那就是自己有点看不懂这个可爱的女儿了。在离开密苏里州的时候，芭芭拉还是个小姑娘，可现在她已是深闺待嫁。乔忽然想到女儿再也不会扑到自己的怀里来哭鼻子。她已经学会了如何应对内心的恐惧和悲伤。在她的声音里，透着一丝差不多可算是身为人妇的关切。

"你要当心啊，埃利斯。"

"你别担心我。"

"把这个拿上。"乔掏出钱包，"你需要用钱。"

"我已经带了一些。"

埃利斯吻过芭芭拉，爬上马背，沿着小路出发了。

乔看着他离去。那个年轻的身影得意扬扬地叉着两条腿骑在他的马背上，接着消失在地平线上。这时，乔不禁一阵忧虑——如果埃利斯很快就找到一头骡子的话，他很有可能会把它带回来。可是，如果他不得不去很远的地方，而且又很难找到一头骡子的话……此外，假如他偶然遇上了旅行中的另外某户人家，而且这户人家刚好有一个漂亮的闺女，埃利斯受到了热情的邀请或是遇上人家重金求婿——不，不，不可能，

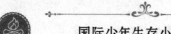

乔对自己说。这简直太荒谬了。埃利斯可不是那样的人。接下来，为了安慰自己，乔转过身去对芭芭拉说："他会回来的，鲍比。"

她的声音听上去很平静："他当然会回来的。而且他还会带上一头骡子。"

乔转身走了。鲍比的爱和信念让他觉得不好意思，另外也把他吓了一跳。要是埃利斯和芭芭拉之间出了什么差错——不过乔相信没有什么会出差错的，样样都不能有差错。但如果埃利斯带给鲍比任何不幸的话，乔觉得自己完全有能力拧断他的脖子；不过与此同时，他也意识到即使拧断埃利斯的脖子也未必定就能带给芭芭拉幸福。

乔给自己找点活儿忙。

"我去拿柴火。"他说。

母骡的死让一家人痛心不已，用餐的时候大家都沉默着，吃了一顿没滋没味的饭。那头母骡曾是他们漫漫长路上的好伙伴，而现在它再也起不来了。它一路上帮着拉车，可它再也无法看到在这条小道的尽头，他们即将拥有的那个家了。

夜幕降临。爱玛和孩子们在车厢里摸黑爬到床上去。但乔静不下心来，他不想睡觉。他站在星光点点的夜空之下，让柔和的春风抚摸着自己的脸颊。风在和他耳语，大地的脉搏似乎在他的周遭跳动。四下一片寂静，只有那头奶牛四处走动时发出的声音，以及马骡偶尔拖着脚步走路时的蹄声。马骡还站在那打量它死去的同伴，乔为它感到难过。不过，这样的灾难的确发生了，谁都没有办法。人们在糟糕的运气面前必须要坚强起来，否则就会陷入一片迷茫。乔认为马骡也必须战胜逆境才行。

乔坐在骡车牵引杆上，他感觉自己冥冥之中与这片新的土地之间有种缘分。在此之前,他断定这是一片理想的土地,打算把这里当成他的故乡。迈克跑来蹲伏在他的身边,在这个星光闪耀的夜晚,乔伸出手去抚摸那条狗。

从小道的前方传来一阵马蹄声,乔走到骡车里取下他的枪。乔静静地站着,枪备好了,他等着迈克耸起全身的毛发或是发起挑战。可是狗始终是安静的,乔绷紧的神经松弛了下来。敌人是不会大张旗鼓地接近他们的。

他听到埃利斯的声音:"是我。"

马背上的埃利斯慢慢走了过来,借着星光,乔看到他领来一头黑色的骡子。马骡低鸣着,它走到拴着自己的绳子的尽头,瞪着眼睛看。马骡知道接下来将会发生什么,在这种情况下,它会欢迎同类的到来,不过它容忍不了与一匹马为伍。

乔问:"找到了吗？"

"找到了。"

"从哪里弄来的？"

埃利斯简单地答道:"偷的。"

乔一动不动地站着。埃利斯的话对他来说就像一声晴天霹雳。他舔了舔发干的嘴唇。

"没多大事,"埃利斯说,"在这条小道上的一个圈栏里,有几个猎人养了大约四十头骡子。当我求他们卖一头给我的时候,他们似乎对此并不感兴趣。我等呀等,一直等到天黑,然后

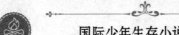

我就牵走了一头。"埃利斯定定地瞪着乔,露出疲惫又生气的眼神,"你有啥要抱怨的吗?"他问道。

乔将下巴一沉。这个孩子任性的举止,陈述事实时冷静的方式再次让他大跌眼镜。他还会有哪些恣意妄为的举动以及不诚实的行为呢? 女儿鲍比知道了会做出什么反应?

乔努力控制着自己的脾气:"你不该那样做,埃利斯。"

埃利斯昂首挺胸地转过身来面对着他。"我就知道你会那样说,"他嘟囔着,"可找不到一头配对的骡子的话我们指望什么继续前进呢?"

乔没有马上回答。他静静地站在那里,不高兴地盯着埃利斯阴沉的脸。"我们要把它还回去。"他说。

"如果你非要那样做不可的话,那我也没办法。"埃利斯说。

在黑暗中,乔走到那头黑骡的面前,一只手放在它健壮的脖颈上。黑骡在乔的身上闻了一遍,又用嘴唇轻咬着他的胳膊。埃利斯带回来的不是一匹野马,而是一头戴着破损的挽具的骡子。乔在黑骡的辔头上拴了一根绳子,把它系在草地里的木桩上。当乔把马骡从死去的母骡身边牵走,并拴在黑骡旁边的时候,它并没有抗拒。

乔只说了声:"最好是物归原主,埃利斯。"

"好吧。"

乔在骡车里摸黑上床,与此同时,埃利斯也把他的铺盖铺在骡车的旁边。不用说,他们的确是需要一头骡子的;此外,就埃利斯的处境来说,在寻找骡子的时候,他也不知道他该怎么办才好。埃利斯原以为自己会继续赶路，或许还要走上一两天，直到最终能买到一头为止。不过，让乔感到震惊的不只是偷了骡子这件事，埃利斯镇定自若的叙述方式也让他大吃一惊。乔知道掩盖在那冷静的表述下面的是埃利斯真实的、愤怒的情绪。不过，他为什么要愤怒呢？整件事情让乔不得安宁，过了一段时间之后他才慢慢睡着。当乔醒来的时候，拂晓柔和的光已经洒满了车厢。乔静静地躺了几分钟。他觉得他们必须归还偷来的骡子，要么想办法出钱买下来。不过他们也不妨先将两头骡子套上车，等到了猎人的圈栏之后再见机行事。乔从骡车后面爬下来，走到骡车的前面。

乔听到了一声枪响，他感觉有子弹嗖的一声射进了他脚边的地里面。乔惊呆了，他站着不动，有那么一阵子，他的大脑无法指挥自己的身体。埃利斯在铺盖上坐了起来，他还是半睡半醒的状态。这时传来了说话声。

"你们两个都别动！就地站着别动！"

从一块巨石的后面蹿出两个男人。那块巨石的背面像弯弓一样拱了起来，离地面大约六十米。劫匪身穿油腻腻的鹿皮装，长长的黑发在肩膀上扫来扫去。刚才放枪的那个男人的臂弯里挎着一支步枪，除此之外，他手里还有一把手枪。早有预谋的两个劫匪气势汹汹地扑了过来。晨风吹乱了他们蓬松的头发。

矮个子劫匪说："你们要是敢动，我就在你们身上打几个窟窿。皮特，你去把那头骡子牵过来。"

高个子劫匪把他的左轮手枪装进皮套里，他解开拴着黑骡的绳索,并把它牵到骡车那里。乔朝黑骡扫了一眼,这头健壮的牲口越冬时的长毛还没有褪去。风撩拨着它的长毛,长毛沿着黑骡的侧腹和肋骨披了下来。矮个子劫匪看着乔的马骡。

"干脆把两头都牵上。你把那头也牵走。"

"喂,稍等一下……"乔开始说话了。

"别啰唆。我的手指就放在扳机上啊,我干脆一枪结果一个偷骡贼。"

"我们正要把那头骡子送回去。"

矮个子劫匪嘲弄般地笑了。这时另一支步枪发出砰的一声响了,那是泰德从骡车的后面开了一枪。子弹啪嗒击中了那支瞄准乔和埃利斯的步枪的枪口,随着沉闷的一声,步枪从矮个子劫匪手里掉到了地上,就在此时,黑骡暴跳起来。拽着黑骡的高个子劫匪发了疯似的要掏出他的左轮手枪,可是他的两只手又不能松开绳子。埃利斯扑倒在他的铺盖上,他拿起自己的步枪,以跪姿立起身体。

埃利斯几乎是得意扬扬地说:"现在轮到你们站着别动啦! 我也可以开枪。"

矮个子劫匪一脸怒色。骡子平静下来,牵着骡子的高个子劫匪试图闪到骡子身边。不过乔已经拿起他的步枪,而泰德把他的步枪重新填上了子弹。

乔平静地说:"埃利斯,你把骡子牵回来。"

埃利斯走上前去牵那匹黑骡。他把骡子拉到了一边,而乔始终保持着一副平静的样子。

"你们两个把枪都放下。"

两个劫匪把武器丢在了地上。乔下令道："现在你们可以滚蛋了。等我们离开之后，你们可以把枪拾回去。不过，要是我们再看到你们两个的话，就要让你们挨枪子了。"

在此之前，两个劫匪把他们骑过来的坐骑丢在了一旁，现在他们大步流星地朝它们走了回去。爱玛面色苍白，浑身发抖，她走出骡车，站在乔的身边。

"乔，这些人会给我们添麻烦的！"

埃利斯站在黑骡旁边，他问乔："你怎么没把他们的骡子还给他们呢？"

"因为那不是他们的骡子，"乔说，"那伙人是专门偷骡子的。他们只想尽快逃回关着其他被盗的牲口那里，然后溜之大吉。"

"太对了，"埃利斯说。说罢他用手把披在骡子一侧的毛发拨开，黑骡的身上露出一个烙印来。"这是军队里的骡子，等我们到阿克斯顿军营的时候再还回去。也许这头骡子最初被盗的时候是在军营。"

乔吃惊地盯着他："所有这些情况，你一开始就知道吗？"

"当我看到这头骡子的时候，我就认出了上面的军印。"埃利斯说。

"那究竟为什么你一开始没有告诉我呢！"

埃利斯直视着他。"因为我知道，对于我做的任何一件事，你都有可能做出最糟糕的揣测。我偷了一头骡子，在找到一个合适的解释机会之前，你随时会对我大发脾气。"他紧咬牙关，"所以我不想急着马上做出解释。"

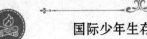

乔激动起来。"因为你心高气傲,所以才不愿意解释清楚,不是吗?"他说,"你是想用把人蒙在鼓里的方式来愚弄我吧?"

埃利斯没有搭理乔的指责。"我当时的想法是,"他说,"这头骡子可以把我们拉到阿克斯顿,一旦我们到了那里,比起这个没有人烟的草原,我们有更多的机会可以买到一头骡子。"

"的确如此。"乔说。埃利斯和乔你看着我,我看着你,在那段长时间的沉默的对视中,埃利斯好像在指责乔过于草率地对自己说三道四,而乔好像在指责埃利斯是想把他蒙在鼓里耍弄他。

鲍比走到埃利斯的身边站着。她的这个动作让乔吃了一惊。这让他开始怀疑自己。他这样对待埃利斯是在自找麻烦吗? 也许他根本就没有必要那样做。

乔放下了他的自尊心。他说:"埃利斯,我一直在说三道四,真是对不起啊。"

埃利斯笑了。"你别放在心上,"他说,"我这脾气一上来,人就变得顽固不化。就因为这臭脾气,我可没少惹麻烦。"

第七章　草地

黑骡高大健壮,干活时舍得出力。和所有的骡子一样,它虽有自己的想法,但它还是服从赶骡人的命令,不管赶骡人的愿望是什么,只要它能做到,它都会尽量满足。在大多数情况下,黑骡温顺听话;不过乔对骡子的习性非常了解,他知道任何一头骡子都会出乎意料地踢人一脚,所以当把黑骡套上骡车,或是从骡车上解套的时候,他都严加防范。此外,黑骡与那头马骡配合得十分默契。黑骡没有马骡粗野的性格,它愿意亦步亦趋地跟着马骡。毫无疑问,黑骡是代替死去的母骡的一个理想的角色。

　　不过,乔为这头黑骡操碎了心。它是军队里的东西,他们必须去阿克斯顿军营归还这头骡子。乔有一种预感,军方会对找到他们一头骡子的任何一个人都抱怀疑态度。不过乔有信心,他们可以说服司令官,让他相信骡子不是他们偷的。这些都不是重点,真正的问题是,军队一直在寻找更多的骡子,他们从不卖骡子,这样一来,他们便没有拉车的骡子了。

一天晚上,当孩子们都睡下了,芭芭拉和爱玛借着跳跃的火光正在洗碗的时候,乔对埃利斯吐露了他所担心的事情。

"首先,"乔说,"为了搞清楚我们是不是偷骡人,他们会做调查,但这需要时间。接下来,等有可以卖给我们骡子的过路人出现,就需要更多的时间了。而就在我们等待的每一天当中,我们会错过春耕和播种的最佳时机。"

埃利斯说:"他们会卖给我们一头军队里的骡子的。"他的话中带着一种年轻人满不在乎的乐观态度。

"绝对不可能,"乔郁闷地说,"那些军人只关心一件事,那就是军队的纪律。"

"那又如何,"埃利斯说,"我们可以向他们解释春耕和播种的时间对我们的重要性。很显然,要是我们不能及时赶到的话,我们就没法种庄稼了。这一点,即使是当兵的也能理解。"

乔说:"军规、军纪与陌生人的耕种时间可扯不上边啊。"

埃利斯笑了:"军人也是人啊,和其他人一样。"他温柔一笑,因为芭芭拉刚刚闪进了他的怀里。"我是赞成看事物的光明一面的。"埃利斯坚持自己的看法。

"也有道理。"乔笑了。他离开他们朝骡车走去。乔借着火光检查他的犁头。他的手指在这件工具上抚摸着,在他的灵魂深处,他感受到了一种巨大的渴望:他要把犁头拿到地里开始犁地。对他来说犁头就像吉姆·斯内德克手里的步枪一样。这件工具是他生命的一部分,自他生下来他就和它天天打交道。乔离开骡车,坐在离爱玛很近的一大块木柴上。爱玛仰头看天,草原上清风阵阵,她深深地呼吸着芬芳的空气。乔轻轻地

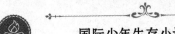

把手朝爱玛的手伸了过去，她热切地朝他转过身。

"我们就像获得了重生，不是吗？"

"亲爱的，我们来到这里，你高兴吗？"

"哦，我高兴！现在我很满意！其实在路上的时候，我有好多次都后悔了。而且，在动身之前，我是那么的胆小。"

"应该说是谨慎。"乔纠正她的话。

"不，是胆小。"爱玛坚持她的说法，"我不敢在任何事情上冒险。可是这次我们冒了很大的风险，出发的时候已经很晚了，还带着一群孩子。可是，乔！我从来没有放弃我们计划的想法，片刻也没有过，哪怕是在我痛苦、生气，或是吓得半死的时候！就'勇气能赋予人什么'这个问题，这次的冒险教会了我很多。"爱玛朝乔转过身去，继续说道，"亲爱的，我想对你说几句发自肺腑的话。当初要不是你让我来，我是不会来的。现在，乔，我要感谢你让我来到这里。谢谢你，乔。"她的眼睛湿润了。乔开怀大笑，他用她的头巾的一角吸干她幸福的眼泪。

"吓得半死的可不止你一个人，"乔简单回答道，"关于勇气，我也学到了很多东西。"

爱玛把头靠在乔的肩膀上，乔把她揽到身边。两口子默契地坐着，一边看着渐渐熄灭的火堆，一边制订着接下来的计划。不远处，芭芭拉和埃利斯依偎着坐在一起，这对情侣也在制订他们自己的计划，想着他们未来的家庭和他们自己的孩子们。

骡车里的小爱玛在睡梦中哭出声来，他们听到她在不安地翻来覆去。孩子又哭了，乔心里一惊。他松开爱玛的手，开始聆听起来。

爱玛轻声地说："她从中午开始一直都很烦躁，你没有发觉她吃得很少吗？"

"没有啊。"不知怎的，乔为不知道小爱玛的情况而觉得非常羞愧，"跟之前一样发热吗？"

"还不确定，不过估计是发热"。

"这之前，她的这种症状总是说来就来。"

"我知道，不过这次有点不一样。"

他们静静地坐着，现在，在他们先前的喜悦当中夹杂了一些哀愁。俄勒冈给了他们一个欢快而明亮的憧憬，他们可以在新的土地上开创新的生活，把枯萎的旧生活抛之脑后。到目前为止，这片新的土地让芭芭拉收获了她的梦想，它也给了泰德某些东西，它肯定也会为乔和爱玛以及其他的三个孩子准备点什么。在所有人当中，仅小爱玛这个纤弱的孩子，还得继续承受着在密苏里州时就遭受的相同的苦难。乔哆嗦了一下。这是个不错的地方，不过这里也可能发现暴力肆虐的情况。

乔装出一副有信心的样子说："孩子的病我相信没什么大不了。"

"但愿不会有什么大事！"

然而到了第二天早晨，当乔起身在帆布幕帘的后面张望时，他看到爱玛坐着，背抵靠着行李箱，怀里抱着孩子。小爱玛的面颊烧得红彤彤的，她目光呆滞，没精打采。小爱玛看着父亲，平时早上她问候爸爸的时候，整张脸上都带着笑容，可是现在笑容不见了。

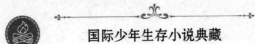

乔转身离开骡车，他生起一堆篝火，好让芭芭拉准备早餐。乔没精打采，意志消沉。芭芭拉做的早饭，他还没尝出是什么味道就咽了下去。乔帮女儿洗碗。在这种情况下，埃利斯无奈地站在一旁，他脑子里一片空白，不知道该怎么办。看护病儿这件事情只有靠一个女人的智慧和柔情才应付得了。埃利斯把他的马装上马鞍，他为能找点事情做而高兴。

"我上小道去侦察一下，看看前方都有些什么。"

他留恋地看着芭芭拉，不过她摇了摇头。她的妈妈在忙着照顾一个患病的孩子，再也腾不出任何时间去干别的事情。芭芭拉必须让狭小的骡车车厢尽可能变得井然有序，所以她要照看另外三个小孩。埃利斯今天不得不一个人骑着马出去。芭芭拉看着他骑着神驹，沿俄勒冈小道朝前走去。

乔为两头骡子套上挽具，又把它们套到骡车上，接着他爬到车座上。爱玛不在他的身边，他觉得一个人非常孤单。几天以来，他第一次觉得俄勒冈小道单调乏味，他完全丧失了快乐。乔赶着两头骡子，让它们快步前进。埃利斯两个小时后返回了俄勒冈小道，并在骡车旁边勒住了马。

"阿克斯顿军营就在前面。"埃利斯喊道，"我把你们就要来了的消息告诉了他们。"

"他们说了什么？"

"我们将见到迪斯穆克少校，他是一位司令官。"

阿克斯顿军营建在一座小山的山顶上。也许是为了更好地防守，营地周围的木材已被清理干净。与拉勒米军营相比，阿克斯顿军营相对简单、粗糙，主要建筑是一些用一根根原木搭建的建筑物，和原木围起来的栅栏。军营里还支着几顶帐篷,那有可能是新来的部队搭建起来的,因为军营里没有给他们提供住房。营地的军旗迎风招展,入口处的那位哨兵精神抖擞,散发着军人威武大气之势。哨兵站在一旁,让他们进入营地。

　　有那么一刻,乔非常渴望邓巴警长能出现在这里。熟悉军中情况的邓巴,也许会知道该如何规避有可能被卷入的一些军方例行的盘查,他肯定知道该怎么做。不过,邓巴不在这里执勤,乔不得不使出全身的本领来与他们周旋。乔把骡车赶到一棵孤零零的大松树下面,在此之前,军方允许他一家人进到栅栏里,把车停在那棵松树的树荫下。松树上嵌着一个系牲口的铁环,乔把两头骡子系在铁环上,他回头看着爱玛。爱玛绷着脸,显得焦虑不安。

　　"乔,她还在发热,我陪着她。芭芭拉可以领着其他孩子出去伸伸腿。"

　　"你让孩子们就待在骡车附近,好吗?"乔叮嘱女儿,"我们会尽快回来的。"

　　"好的,爸爸。"

　　乔转身面对一位身材匀称的年轻警长,问道:"您是托尔先生吗?"

　　"我就是。"

　　"这边请,先生。"

　　年轻的警长把乔领到一幢木房子那里,然后他站在一边,让乔进去。埃利斯也跟着进去了,脸上带着没有敌意的笑容。乔看着那个坐在办公桌后面的人。

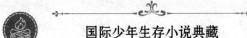

迪斯穆克少校也许有四十五岁,他留着短头发,太阳穴两边的已经花白。他的脸看上去似乎比从坚固的花岗岩中凿出的脸更加刚强、坚毅。他的一双冷峻的眼睛打量着乔和埃利斯,无处不体现着一位军人敏锐干练的风格,任何时候都没有迹象表明他那绷紧的嘴角会露出笑容。迪斯穆克少校是一位不错的军官,办事效率很高,不过他也是一个不苟言笑的人。他熟知所有的军规军纪,并且完全按照条例贯彻执行。

"您就是托尔先生?"

"是的。"

迪斯穆克少校将身体朝办公桌前倾,下巴轻轻支在他的右手心里。

"您的家当里面有一头军骡,是吗?"

"估计您说的没错。"

"估计?难道您不知道吗?"

"有一头。"

"您是从哪里弄到的?"

"从几个打猎的人那里。"

"在什么地方?"

"沿这条小道朝前走差不多六十公里。"

"您描述一下那几个打猎的家伙吧!"

乔简要地描述了那两个人,迪斯穆克少校始终认真地听着。他打量着乔,想一探究竟。

"当您得到这头牲口的时候,您知道它是军队的财产吗?"

"知道。"

"您知道军队是不出售任何骡子的吧？"

"知道。"

"这么说，当时您心里清楚这头骡子是从部队里偷来的喽？"

"我想到过这一点。"

"那您为什么还要把骡子牵走呢？"

乔的火气上来了，他激动地说："喂，你有没有搞错啊！我损失了一头骡子，不得不再配一头才行！你觉得我们该怎么做才对呢？难道应该坐在那里等死吗？"

"您别发脾气，托尔先生。如果您知道那两个人是小偷，您为什么不把他们抓起来呢？"

"这不关我的事。我又不是执法人员。"

"您有证据证明您所说的都是真的吗？"

"我敢保证，埃利斯在这儿，你可以问他，还有我的妻子、女儿，还有我的大儿子你都可以问。"

"托尔先生，我希望您明白，在我们调查结束之前，我们必须没收那头骡子并且把您拘留起来。"

"骡子你可以牵走！"乔吼叫起来，"不过谁也不能扣留我们！我们在找到一头骡子之后马上就得继续赶路！"

"我已经奉劝过您不要发脾气。现在，那头骡子在您身边吗？"

"在。"

"我们去看一下。"

迪斯穆克少校站起身，并从他们的面前走过。当他大步流

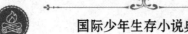

星地朝骡车走去时,埃利斯和乔也跟在他的后面。埃利斯用胳膊肘碰了碰乔。"乔·托尔,"他郑重其事地说,"你发那么大的脾气,会给我们所有人带来麻烦的。"

乔朝他气愤地转过身,然后,当他看到这个孩子那一对眉毛时,乔笑了。

"这件事我来处理,"埃利斯恳求道,"你可以和人争辩,但那家伙可不是'人'啊。他满脑子都是军规军纪。让我试试吧,乔。"接着,乔还没来得及说行或是不行,埃利斯就喊了一嗓子,"骡车里有一个生病的小孩,请您不要打扰她或是她的妈妈。"

迪斯穆克少校停了下来,问道:"那个孩子怎么了?"

当乔正要开口的时候,埃利斯抢过他的话去。"她得的不是天花,"埃利斯竭力解释道,"您可别因为我这么说,就偏偏认为那是天花啊!"

迪斯穆克少校朝乔转过身,问道:"您把天花病毒带到这儿来了吗?"

"我刚刚对您说了那不是天花!"埃利斯还是一副声色俱厉的样子,"不过,如果您要拘留我们,那我们就要把孩子送到医院,我们自己住在营房里,直到孩子能继续旅行为止。"

乔被搞糊涂了,他说:"埃利斯……"

"我只是告诉他孩子得的不是天花,"埃利斯十分肯定地说,"你自己也是知道的。"

迪斯穆克少校头一次变得迟疑起来。每一个思维正常的士兵都知道,军规军纪牵涉的是与军队相关的每一种情况。这些人都是老百姓,他们当中可能有人携带了天花病毒,不过迪斯穆克少校知道,没有任何机构能应对这种流行病。

迪斯穆克少校最后说:"这里是美军驻地,设置这所军营为的是给美国公民提供方便。只要我们有那个能力,就会为您通知您所需要的便民机构,这是我们的职责。不过话说回来,如果您想继续上路的话,我既不会扣留你们,也不会没收那头骡子。你们自己看着办吧!"

"您这话的意思是,"埃利斯得理不饶人,"您不给这个生病的孩子提供住院治疗了吗?"

此时,埃利斯看得出来迪斯穆克少校的神色。"先生们,"他说,"我求求你们把骡子牵走,离开营地吧。"

埃利斯说:"好的。"他装出一副不情不愿的样子,继续说,"当然,如果您非要……"

"我会很感激你们的。"少校说。

"那好,既然这样的话……"埃利斯说。

乔没有掩饰自己惊愕的表情,他的目光在两人之间来回扫视。他从未见过一件棘手的事情这么快就得到解决。

"喂,少校,"乔说,"如果您能告诉我,这头骡子多少钱……"

"军队是不准卖骡子的。"迪斯穆克少校叫起来。

"那是军队的纪律。"埃利斯很礼貌地说。

迪斯穆克少校朝他瞪了一眼。接着,他补充了一些草率的意见。

"我有责任通知您,这一片地区的印第安人很不安分。如果你们继续前进,那可能会有危险。"

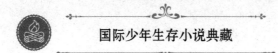

"我们必须得继续赶路。"埃利斯说。

迪斯穆克少校停下了脚步。当他们离他而去的时候,埃利斯轻声地说:"对不起,乔,我们必须离开这里。"

"是的,我们必须从这里走出去。"

"我们算不上是真撒谎。"

"埃利斯,我们要面对事实,我们是在撒谎。不过我们必须把情况说出来。等我们安定下来之后,马上就把那头骡子送还给他们。"

"我没有意见。不过,我们先把家安下来再说吧。"

孩子们又爬回骡车的车厢里。乔把两头骡子从铁环上解开,然后爬到车座上。因为小爱玛还在发热,乔高兴不起来,不过他还是松了一口气。小爱玛还生着病,所以无论在军营附近随便哪个地方停留,爱玛都不会介意的。这里四处高低不平,最好还是让孩子们待在骡车里。乔还在想通过什么办法从某个地方弄头骡子来,并把这头黑骡送回去,但随后他摇了摇头。在此之前,是埃利斯急中生智,才避免他被拘留。

他们停下来吃午饭,吃完接着继续驾车赶路。埃利斯骑马到前方探哨。当小爱玛神志不清说着胡话的时候,乔的心里隐隐作痛。

几分钟后,爱玛低声说:"乔,我们必须停下来。孩子的状态很糟糕。"

当埃利斯骑马回来的时候,乔正要把两头骡子赶到小道的一侧。埃利斯让马转身走到骡车旁边,他抬头看着乔。

"小家伙怎么样了?"

"爱玛说情况很糟糕。我们必须停下来。"

"前方不远处有一条不错的小溪，小溪的上游有一片草地。要是我们打算扎营住下来的话，那里比这里强。"

"你听到了吗，爱玛？"乔喊道，"你想到那里去吗？"

爱玛说："我认为去那儿更好。如果我们驶离小道的话，就不会受到什么干扰。"

两头骡子迈着缓慢的步伐沿小道朝小溪走去。溪流从一条浅浅的小冲沟里流下来，溪水泛着波光，看起来清澈而寒冷，它从俄勒冈小道横穿而过，消失在对面的一片林子里。小溪西岸长着一排树，茂盛的牧草生长在东岸，像是铺了一层柔软的地毯，与西岸那排树隔岸相望。乔看见一处小水塘里有鳟鱼在游来游去。

埃利斯策马离开小道，朝一条长满青草的路走去。"跟我来。"他喊道，"骡车可以行驶到这条路上。"

两头骡子毫不犹豫地跟在埃利斯的后面，乔让它们缓步而行，以便骡车越过任何隐藏着的障碍物时不那么颠簸。茂盛的野草从两头骡子的腹部扫过，又轻抚着埃利斯的马腹。凉爽的微风吹拂着溪面，西岸上那排树的树梢在风中翩跹起舞。骡车的车厢稍有倾斜，一只桶哐当一声从车上掉了下来。

当他们沿溪而行时，草地的面积逐渐增大，小溪西岸的树木为牧草腾出了自己的地盘。除一棵高大的松树之外，目及之处都是草地。在一座缓坡的坡顶上生长着一片树林，那棵巨松就挺立在小溪与那片树林的正中间。三头受惊的母麋鹿可能把它们的幼崽藏在身后林子里的某处，它们小心翼翼地从人

们的视线中渐渐隐去。乔把大伙领到那棵大松树的树荫下停了下来。他朝爱玛转过身去。

乔给两头骡子解套，接着把它们拴在木桩上。此时，泰德用绳子把牛拴好，系在茂盛的草地里的木桩上。三头牲口开始啃起青草，它们习惯了旅行的生活，习惯了在不同的地面上吃草。俄勒冈小道尽管只在距离此地几百米之遥的南边，但几个世纪以来，这些草地一直只是野生动物出没的地方。也许在此之前，偶尔有骑马的人来这里历险。不过就乔所知，他们的骡车是第一辆来到这条小溪旅行的运输车。乔环顾四周一会儿，并深深吸了一口混着松香味儿的空气。在此之前，当乔描述起心中美好乡土的样子的时候，吉姆·斯内德克完全领会了他的意思。

埃利斯把爱玛装家禽的板条箱放在地上，然后打开鸡笼的门。那只公鸡跳到了鸡笼的顶部，拍着翅膀欢快地叫起来；四只母鸡在草地里四处奔跑着，它们一边找虫吃，一边啄食掉在地上的种子。另有两只母鸡避开其他的同伴，展开翅膀咯咯咯地瞎叫唤。这两只母鸡正处在孵卵期，它们已经孵了一个多星期了。即便是被关在板条箱里整天在路上奔波，也不足以让它们忘记吃惯了的虫子。其中的一只母鸡偷偷走到草丛里，想找一个可以做窝的地方。

自从离开密苏里州，大镰刀的手柄就一直没被动过，乔取下手柄，并把镰刀安插在手柄上。镰刀的刃部抹了一层防锈的油脂，乔透过这层油脂试着刀锋。他抓起一把草，把刀刃上的涂层擦干净，接着干起活来。

乔的双臂像被注满了力量。尽管小爱玛病情的阴影还笼罩在他的心头,可当他挥刀割下第一把青草的时候,他感到有一小段旋律流进了心窝。此前曾有那么几次,他想知道俄勒冈小道的漫漫长路会不会让自己完全遗忘做农活的各种技巧,但现在他自然而然地恢复了干活的节奏。镰刀不再只是一件工具,当青草纷纷倒在他的脚下的时候,镰刀仿佛成了他身体的一部分。他一直割到那棵大松树那里,并把松树周围的青草全部割光;然后用脚把一堆堆软绵绵的青草搂在一起,并捆成一堆。乔把野牛皮袍子铺在地上,然后朝骡车走了过去。

"喂,把她抱出来吧。"他轻轻地说。

小爱玛虚弱地躺在妈妈的怀里,一副没精打采的样子。她既没有力气直起脑袋,也没有做出这个动作的意愿。不过乔的脑海里又重新燃起了希望,他的心不再那么沉重。因为女儿对他笑着,在这之前,她可从来没有那样笑过。乔把妻子和女儿带到他为她们做的那张躺椅旁边,他看着爱玛把女儿放下来。他又看了看女儿涨红的脸颊和呆滞的眼神,他真希望自己能了解生病的孩子的病情,就像他熟知赶骡的技巧一样。

爱玛说:"乔,你能给我们弄些新鲜的水来吗?"

芭芭拉叫道:"我去打水。"

爱玛把其他三个小家伙从骡车的车厢里抱下来,孩子们在草地上翻跟头。乔密切地注视着他们。他没有来过这里,所以不知道在这片草丛里会发生什么意外。接下来,孩子们发现了他割过的那片草地,就跑过去玩耍。乔的神经松弛下来。那片地方他刚刚亲自检视过,知道那上面不会有什么危险,而且

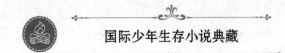

孩子们也没有要跑到其他地方去的苗头。茂密的草丛和孩子们的脑袋一样高,他们开始往深草里面钻。这种玩法让他们更加的开心。

泰德大叫起来:"看那边!"

乔顺着泰德的手所指的方向看过去。在小溪的对岸,一头公鹿正凝视着他们。鹿的脑袋上密密地生长着两组风格奇异的茸角,上面像裹了一层丝绒布。那头公鹿朝他们伸长脖子,然后跺着前腿,并甩着短尾巴。泰德看着乔,充满着期待。

"你看我们需要弄些肉来吃吗?"

乔摇了摇头,说道:"我们吃不完那么多的肉。几天后我们就要出发了,我们不能把时间浪费在腌制那些吃不完的肉上面。"

"哼!"泰德沮丧地说。

"不过我可以告诉你一件你能做的事,"乔说,"我看到小溪里有鳟鱼。也许你可以拿上鱼钩、鱼线,削一根钓竿去试试,看看我们吃晚饭的时候,能不能吃上你钓到的什么东西。"

"你说得太对了!"

泰德手里握着步枪,欢呼着朝小溪走去。爱犬迈克跟在他的身后。乔看着儿子走远。因为有太多的事情等着他去做,乔转过身来继续干手头上的活儿。不过就在他干活的时候,他有一种奇怪的感觉:当前的滞留与平时停下来的时候不一样。

他们在各种不同的环境下搭建过许多不同的帐篷;有一些是那么的不起眼,乔根本就不记得了;其他的情景他倒是记得很清楚。比如说,他们在吃第一头野牛的地方搭起的帐篷,

以及乔更换好损毁的车轮,渡过那条小河之后搭起的帐篷。但这一处宿营地却有着某种完全属于它自身特色的东西。乔试图准确说出这里拥有的那种难以捉摸的特质,可是他又描述不出来。他认为,或许这当中的一部分原因,是因为他有那个决心:他要让这里成为到目前为止他们所知道的最好、最舒适的一处暂停之地。他有一个模糊的想法,如果他把每一样事情都处理得恰到好处的话,那么小爱玛的高热就会退去。

乔挥着镰刀拼命干活。他割了更多的青草,然后把它们放在午后的阳光下曝晒。乔用从小溪里搬来的石头砌了一个壁炉;与此同时,埃利斯在壁炉旁边劈柴。泰德走进帐篷里,四条大鳟鱼悬在柳条的末端晃来晃去。

"小鱼我都扔回去了!"泰德夸口道,"我在石块下找了些虫子当鱼饵,然后就抓到了这些鱼!这么多够了吗,爸爸?"

"这些够吃了,"乔说,"你把鱼给我吧,我把骨头剔出来。"

"我也会剔鱼骨头呀。我曾见过你拿鲈鱼示范过。"

泰德坐下来把鱼切成片。乔把部分已经晒干的草拢到一起。他把干草铺成一张床——带梗的一端全部朝下,这样朝上的就只是柔软的草叶。乔又把牛皮袍子盖在这张"床"的上面,接着在近旁砌起一只小火炉。乔和埃利斯继续为其他的孩子们整理出同样的床铺。埃利斯表示他可以睡在地上,乔只给自己在地上扔了几捆青草。乔生起一堆用来做饭的火,在靠近爱玛和她生病的女儿过夜的地方,他另外又生了一堆小火。

他们美美地享受了一顿烤鳟鱼和新鲜的面包。当小爱玛一小口一小口呷着一碗热牛奶的时候,乔看着她,心里充满了希望。她发热的症状似乎有所减轻，不过乔还是担心，因为这次发热和往常不一样。这之前总是突然发病，然后烧一阵子，接着突然又退热。可这次孩子病得很重，发热期间体温忽高忽低。

天越来越暗，乔躺在自己的"床"上，他的旁边就是爱玛和孩子们。乔仰望星空，它们是那么的近，好像触手可及。远处的森林中狼在长嚎，还有小动物夜间四处走动时发出的，或窸窸窣窣或叽里咕噜的声音。白天没有人的时候，小动物们一般会从这些草地上来来往往，可到了夜间，因为附近有人，它们不再敢在草地上穿梭。每当有东西靠得太近时，迈克就吠叫着发出警告。整个晚上乔起身三次，探视睡在躺椅上的妻子和女儿。这当中有一次，他看到妻子睁着眼睛，他听到她在低语。乔弯腰凑过去听她说话。

"乔，当我们落下脚，头上有了一片遮风挡雨的屋顶的时候……"

他等着她后面的话。

爱玛轻声接着说："我会想念没有半点遮拦的天空和星星。"

从小溪里飘起的晨雾缭绕着飘向空中，又轻飘飘地朝小溪两侧的草地上弥漫。两头骡子和那头安静的奶牛在雾气中若隐若现，空气中带着明显的寒意。乔起身往火堆里添柴火，当他走过去看看爱玛是不是醒着的时候，他发现妻子正盯着自己。

"孩子怎样了？"他低声问。

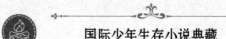

"她这一夜都很不好，"爱玛轻声地说，"不过现在她睡着了。乔，我……"

"怎么了？"他问。

"我担心她在旅行途中支撑不了多久。"

乔朝河的对岸看去。三头母麋鹿正在吃草，一副漫不经心的样子，它们知道在昏暗的光线下自己是安全的。乔看了看那些原本只生长在肥沃的土壤中的茂盛的牧草。他想起了昨天晚上的一幕幕。而在那之前，芭芭拉和埃利斯去小溪里蹚水。芭芭拉的腿一直裸露到膝盖处，在夕阳中白得透亮。透过清澈的溪水，可以清楚地看到在小溪底部的小石头，由于某种水体反射的奥秘，那些小石头要么是白色，要么看似白色。

在远处的草地上，一只野云雀对着冉冉升起的太阳欢唱。云雀是乔心中的图腾鸟，它的出现始终是吉祥的象征。

乔突然做出决定，说："小爱玛不用再踏上旅途了。这里就是我们一直在寻找的地方。"

第八章　农场

距离草地上那棵大松树一百六十五米远的地方有一汪冰凉的泉水。它从看似很深的洁白的沙地里汩汩地流出来，溢出的泉水缓缓地流入那条小溪。那汪清泉的水面长大约四十米，宽大约两米，水深约一米。乔和埃利斯把那条细细的水道当成他们土地的分界线。

　　为了把那棵巨松划归为自己的财产，乔向南边走去，他很谨慎地选择着自己的土地。一个人需要足够的土地，但也不能太多。迎着小溪，乔面对着他的一百六十亩的土地。他希望将八十亩的草地用于庄稼地与牧场。他绕着他的地跑到山坡的顶部，这样他就有了八十棵可以锯成木材的树。此外，他愿意拿出十亩修一条与小溪平行的路。斯内德克说得没错。小溪向前流出两千米的距离，整个流域都是天然草地，不需要另行整理。因为常有印第安人出没，所以到目前为止，路过的移民还没有谁宣布这块地是他们的。不过当印第安人的威胁慢慢消除之后，没有什么能阻挡他们前来定居的脚步。不管怎样，一些有自我保护能力的人有可能会到这里来。

埃利斯在他选定的地盘上细心地做了记号，他精挑细选了草地和林地，在他与乔各自圈定的地之间，他们拥有半里的林地和半里的草地。

乔干活的时候带着一种他此前从未体验过的幸福和满足。当小爱玛的病情慢慢好转的时候，他成了一个完全没有烦恼的人。小爱玛的身体仍旧虚弱，不能像其他的孩子那样活蹦乱跳。不过爱玛精心护理她，密切关注她的状况。小爱玛本可以再继续上路的，不过大家都完全没有了前进的渴望。他们已经选择了自己的家，并乐在其中；而且已经习惯了把这种"日出而作，日落而息"的方式当成生活的一部分。有大量的工作等着他们去做，时间总是显得不够用。不管怎样，等夏天到来之后，就只剩下例行的农事活动和更多的闲暇时间了。

乔站到山脊上，他在砍一棵修长的松树，动作干净利索。乔挥斧砍向支撑着松树的最后那寸木皮，松树在树桩上开始晃动身子并倒下来。乔立刻把斧头丢到了铺满着松针的地面上。他擦了擦汗津津的额头。他听到埃利斯在离他不远处砍树，乔笑了。

山坡上的树真的是想要多少就有多少，不过很多都是合抱之木，百年老树。这些老树靠两个人是无法对付的，两头骡子也拉不动，锯开树干是一种繁重的体力劳动，需要大量的时间。乔和埃利斯恰恰没有闲暇时间，所以他们不得不在森林里穿行，寻找不需要锯开树干的树木。

乔熟练地砍削着树干上的枝条，他知道挥斧下去的准确位置,最后他把树干截成两段。乔一直揪着一颗心,恨不得自己能变成两个人,这样他就可以干出两倍的活儿。一家人仍在草地上宿营,所以拥有一幢可以遮风挡雨的房子成了当前的头等大事。不过也需要种庄稼,每天下午两点钟,乔便放下手头上所有其他的活儿,腾出时间犁地。被砍倒的树就那样放在那儿,乔去找埃利斯帮忙。

乔起初不信任这个细瘦的年轻人,但是他渐渐地喜欢上了他,把他当成一家人。埃利斯还是有鲁莽和冲动的倾向,不过那种性格是年轻人与生俱来的。不管怎样,当乔早上起床时,埃利斯也就跟着起来了。埃利斯一直忙到天黑,直到黑得伸手不见五指了才停下来。他正朝着一个珍藏在心里的目标而努力拼搏。他和芭芭拉的大喜日子虽未具体确定,但他们希望在今年夏天结束之前能喜结良缘。要在这里新建家园,还有许多的事情需要做。所以大家一致同意,先只盖一幢,然后拿出其中一间用作新婚夫妇的新房。等到秋后诸事忙完,有了空闲的时候,他们再为埃利斯和芭芭拉单独盖一幢房子。

当乔找到埃利斯的时候,他正在砍削另一棵松树。乔看了一会儿,埃利斯的动作像猫一样轻盈,乔想起了他可爱的女儿。他们的婚姻理所当然应该是金玉良缘,天作之合。埃利斯朝乔转过身,咧嘴笑了。

"你怎么又在东游西荡?"

"如果你干的活儿有我一半多的话,那房子昨日就盖好了。"

"你和我可不是一个量级啊!"

"你说的没错!"乔没有反对他的夸奖,"我要在地基上多忙一会儿,你能不能帮我搬些木料?"

"当然可以。"

两个人离开伐木的林地,下山来到草地上,握在他们手里的斧头一路上来回摆动着。乔和埃利斯各自选择了建房的地点,乔和爱玛的房子在泉水一侧,埃利斯和芭芭拉的房子在另一侧。然而由于山坡的关系,选址处需要做好平整土地的工作,而他们干活的工具只限于锄头和铁锹。乔朝他的新耕地看了一眼。

因为这里将是他们永久的家,而不再是一夜的宿营地,爱玛和芭芭拉都忙着把它变成一处舒适的住所。他们重新摆放了火炉,用乔锯开的木料打了一张桌子,甚至在椅子上还添加了柔软的坐垫。现在,孩子们在往小溪里扔石头,欣赏着溪面四溅的水花;爱玛和芭芭拉在乔犁过的地里又种了些菜。乔皱着眉头在想,泰德现在很可能在钓鱼。

因为家里的牲口需要操心的地方不多,所以从轻重缓急上考虑,菜园子工程是当务之急。当前牧草茂盛,被他们丢弃的那几张牧草铺成的"床"也被完全晒干了,加上乔此前割的其他的牧草,如今已经形成了一座数量可观的干草堆。乔和埃利斯只要能抽出时间,他们就会割上更多的青草。今年冬天两头骡子、马和牛可以靠吃干草料越冬,来年它们就能吃上谷子了。

乔在小溪旁已经犁出了一块菜园地,那可是十分辛苦的活儿。首先,他得把草割去,而且是越短越好,草晒干之后要捆

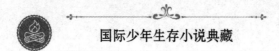

到一起,再添加到干草垛里去。接下来是翻地。硬结的地面需要他使出全部力气。乔把地纵向犁了一遍,又横向再犁一遍,他把草皮翻到土块下面。不过,他付出的一切劳动都是值得的。

肥沃的土壤里少有石头,地里已经开始长出幼苗。乔特意整理出一个足够大的菜园子,他希望在满足自家的需要之外,吃不完的还可以到阿克斯顿军营出售。他无法想象迪斯穆克少校会去经营菜园子。军规军纪当中可没有规定这一条。

乔和埃利斯朝菜园走去。芭芭拉跪在松软的泥土上,把一大堆玉米种子一粒粒丢进地里。当她抬头看着埃利斯的时候,她的神态有几分像某个年轻可爱的林间仙女。乔朝爱玛走去,让他们单独待在一起——年轻的恋人们可不喜欢与任何人分享他们的片刻时光。

爱玛的身上流露出某种新的气息,那是一种充满幸福的精神面貌。她已经战胜了自己的恐惧,她的脸上漾着甜蜜的微笑。乔低头朝她一笑。

"亲爱的,下周这个时候,你又要回归一个家庭主妇的角色了。"

"哦,乔!我都快等不及了!"

"所有的原木都加工好了。今天下午我们就可以盖房子。一开始我们用的家具肯定会显得很粗糙,埃利斯和我毕竟都不是专业的木匠。不过,如果明年我们的庄稼获得丰收——就眼下的情况判断,我也看不出有什么会导致它们歉收——我们就去达尔斯或俄勒冈城买家具,一一重新添置新的。要是我们还

留在密苏里州的话,那笔款就会让伊莱亚斯·多兰斯给吃了。"

爱玛恍惚在梦中似的,她说:"这,这真的让人难以相信,不是吗?一路上我们经历了那么多,现在到了这里!乔,我们来到了这样的一个地方,而且是所有的人都来了!"

他弯腰吻她。

"嗯,这不正盖着房子嘛,我得开始忙了。"

他朝建筑工地转过身,这时埃利斯刚好赶着骡子过来了。他知道对于埃利斯来说,没有什么比芭芭拉更加迷人或是更为重要的了,不过埃利斯意识到了做好眼下各种事情的必要性。他虽然年龄还轻,但已经有了一种责任感。乔抓起锄头和铁锹去干活了。

他们已经计划好要造一座房子,其中一间既当厨房又当客厅,外带三间卧室:一间是埃利斯和芭芭拉的婚房,一间是泰德和他的小弟们的卧室,一间是乔和爱玛的。在芭芭拉和埃利斯搬进自己的新居之前,小爱玛和父母共住一间。等他们搬走之后,小爱玛就住进他们的房间。

主房位于屋子的前部,正对着小溪,唯一的一扇大门也开在那里。屋子的后部将被分隔成三间卧室。在铺上木地板之前,地面必然是脏的。乔从斯内德克商行的建筑上获得了启发。他们打算采用小窗设计,而且让小窗分布在能观察到房屋周围的一切情况的位置上。因此,在万一受到袭击时,他们能从任何一个角度开枪还击。

在地基的后部,乔和埃利斯已经把斜坡挖成了平地,并让新铲平的地面与地基的前部保持水平,不过前后并没有完全

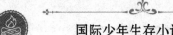

在一个水平面上。乔在地基前后两端朝地下打木桩,并在木桩之间拉上直线,接着参照拉出的水平线平整地面。乔在泥地上用锄头松土,用铁锹铲土,再把土块扔到斜坡下面去。埃利斯运来了一车原木,他把木头卸在掘出的地面旁边,然后回头接着运。乔双手双膝着地,他趴在地上铲一个小土丘,一副心满意足的样子。他把锄头和铁锹立着靠在骡车上,从工具箱里拿出斧头,开始在原木上开槽。

房子一旦破土动工就以很快的速度在进展着。乔和埃利斯仍旧从早到晚埋头苦干。他们用原木砌墙,在屋顶上铺好椽子,又覆上一层盖屋板。乔做了一只爬犁,一只平底雪橇;小溪上游约一千米处有一处黏土层,他从中取土。乔和埃利斯在室内的隔墙上忙碌着,与此同时,爱玛和孩子们开始用黏土填缝隙。孩子们非常热心地填着较低处的缝隙,以至有些地方使用的黏土比原木还多。

当乔一家人迎来他们的第一位访客的时候,夏天正迈着步子朝他们一步步走来。

从俄勒冈小道上走来一个身材瘦削人,他骑在一匹高大的白马身上。来者虽瘦,却是一个身强体壮的人。他的肌肉在土布衬衫下微微颤动,他的笑容讨人欢喜。他从大马上溜下来,说话时带着新英格兰地区的鼻音。

"您好,伙计。"

"您好!"乔热情地说。

瘦子把手伸了出来。

"我叫温特森,亨利·温特森。我住在那儿……"他指着整个西部地区,用拇指做了个手势,"大约四公里之外。"

"我们是姓托尔的一家人,"乔把家里人挨个儿介绍了一遍,"这一位叫埃利斯·加纳。"

"很高兴认识你们!"温特森答谢道,"很高兴认识你!"他来到芭芭拉的身边,惊讶地说道:"呜——哇!真是太高兴了!我要不是跟玛莎结了婚的话,你肯定是逃不脱的喽!"

"你要小心点啊,"乔笑了,"芭芭拉和埃利斯早就打算要结婚了。"

"哇,我高兴得简直要晕倒了!我们不仅找到了近邻,还将迎来一场婚礼!要是玛莎听到这个消息,她会喜不自禁的!你们的大喜日子定在哪一天?"

埃利斯说:"我想应该很快了。"

"我们会来的。"温特森肯定地说,虽然他还没有获得邀请,但是他觉得受到邀请是理所当然的事,"到时候玛莎和我会来登门贺喜,这你们决不用怀疑!没错!你们决不用怀疑!我多亏了今天早上骑马去了一趟阿克斯顿军营!否则,我也许永远都不知道我们有邻居啦!是的!获得这个消息简直太棒了,哪怕丢一匹马也值得啊!"

"你丢了一匹马吗?"

"是的,有一些印第安人在这一带四处潜行,也许是他们把我的马偷偷赶走了。我想我还是把这件事报告给阿克斯顿军营为好。谁都无法保证,不知哪一天这些年轻的士兵们就会撞上好运,找到他们正在搜寻的东西。"

"印第安人经常来骚扰你吗?"乔问道。

"很少！"温特森不屑一顾地说，"去年一年玛莎和我都挺了过来。我们年初就出发了，年尾才赶到这里。在来到阿克斯顿军营之前，马车抛锚了五次。最后我说，'玛莎，要是这破玩意又坏了的话，我们就在它坏的地方安家吧！'这都是我的原话。一个字也不差，我就是那样对她说的。那辆破车最终在路上又坏了，于是我们就在那里安家了。这是印第安人第一次给我们添了点小麻烦。多数情况下，他们可懒啦，根本就不愿挪一下身子。您不必为那些人大伤脑筋。"

"在阿克斯顿军营的时候，他们告诉我们要提防印第安人。"

"在阿克斯顿军营，他们怎么可能不对你说这些话呢？那位冷面少校只需要让大家保持着对印第安人的恐慌，他就可以在这一带稳坐军帐。要是有人把他调到其他岗位上去的话，他也许就要执行公务，我怀疑他是否能经受得起那些令人震惊的事件。其实这个地方和佛蒙特州完全一样，十分安全。我真的非常喜欢您这儿的这些草地。如果我们早知道有这些草地的话，也许我们早就到您的地盘上来了。"

"那你就来吧！"乔鼓励道，"这里的空间还大着呢。"

温特森笑了。"我如果搬过来的话，玛莎会让我的脑袋开花的。我们的房子都已经盖起来了，庄稼也种下去了。在我们搬进新居的那一天，玛莎说，'亨利，我从佛蒙特州来到这里，这么远的路足够一个人搭上他一辈子的光阴。'这都是她的原话。一个字也不差，她就是那样对我说的。她也是那么认为的。她很快就会知道你们在这里，我知道她会急着到你们家来看

看的。自从去年以来,她都没有见过一个女人。"

"请您带她来啊!"爱玛说。自从离开拉勒米以后,除芭芭拉之外,爱玛也没有见过一个女人。

"见到她我们会很高兴的。让她来后小住几天。"

"是啊,"乔附和着说,"我们家够住的。"

"我能看得出来。"温特森打量着房子,"从盖的房子上看,你们好像是要在这儿住上一段日子的。"

"我们不会走了。"乔向他保证,"我们走过的路也已经够远的了。"

"等抵达俄勒冈的时候,我想谁都跑了不少路。"温特森看着爱玛的鸡,"这些母鸡你该不会卖的吧?或是拿几只出来和别人交换点什么东西吧?"

"这事归我爱人管。"乔说。

"我想不会的。"爱玛对温特森说,"我们只剩四只鸡了。本来有六只,可是有两只在孵小鸡,它们偷偷地跑出去给自己找鸡窝。那之后我再也没有看到过它们,我想也许是什么动物把它们叼走了。"

"我们也碰到过这种事。"温特森伤心地说,"我们一路上带了三只母鸡一只公鸡,可是有一天晚上再也找不到它们了。玛莎常对我说,'亨利,我最想听到的就是母鸡咯咯咯咯的声音。'这都是她的原话。一个字也不差,她就是那样对我说的。我有一窝十分可爱的小猪。我的那头母猪下了十一头猪崽,我知道,拿一头猪崽换一只母鸡是有点儿划不来,不过我还是很乐意和您交换的——喂,您看着办吧!"

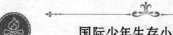

乔割草时留下一条通到小溪边的宽宽的割痕。正当温特森说话的时候，他家的一只曾经找不见的母鸡出现在那条割痕里。一群毛茸茸的小鸡宝宝围拢在母鸡的脚下。母鸡煞有介事地绕着它们转来转去。伴着一小声惊喜的尖叫，爱玛向前跑了过去。她跪下来把小鸡捉到她的围裙里，那只母鸡被她紧紧地夹在胳膊的下面。爱玛回来的时候，红彤彤的脸上洋溢着喜悦的表情。

"十四只！刚好十四只！乔，我们必须把这些鸡关在屋子里。等你做好鸡笼后，这些鸡就安全了！我不能眼睁睁地看着它们发生任何意外！"

"哇，好家伙，真了不起！"温特森感叹道，"要是玛莎看到它们就好了！现在，你比原先多出了十四只小鸡！"

"是的，"爱玛开心地回应着，"温特森先生，现在您可以带一只母鸡回去了。"

"谢谢你！"温特森说，"太感谢了，玛莎会高兴得跳起来的！她一直是那么的孤单，渴望有一只母鸡。下次我带她登门的时候，会带上一头小猪崽的。"

爱玛把小鸡们放在客厅的角落里。那只蓬起羽毛的鸡妈妈在宝宝的身边咯咯地叫着。然后，它蹲伏在地板上，小鸡宝宝们跑着钻到了它的羽毛下面。乔对这群鸡看了一眼，他在心里提醒自己要记得尽快建一个鸡舍。他们家还需要一个马厩。不过两头骡子，还有那头奶牛和埃利斯的马并没有受到潜伏的天敌们的威胁。倒是小鸡们面临这种危险，所以，当务之急是必须给它们建一处安全的栖身之所。

"这里搞得非常漂亮，"温特森赞许地打量着房子的内部，"既漂亮又宽敞。你们家的孩子多，我想你们用得上这么大的房子。玛莎和我只盖了一间房，我们正在想办法再多盖几间。"

"你们没有孩子吗？"爱玛问。

"目前还没有，不过我们快有孩子了。玛莎和我是在我们离开佛蒙特州之前结的婚。婚后第二天，她说，'亨利，我想养三个男娃三个女娃。等我们到俄勒冈之后，马上就可以着手生育的事情了。'这都是她的原话。一个字也不差，她就是那样对我说的。看来我们的第一个孩子大约在两个月之后就要出生了。"

爱玛说："生孩子的时候我肯定会去您那里帮忙的。"

"您太好了，您真是一副热心肠，我知道玛莎要是知道了也会很高兴的。我绞尽脑汁，想知道能为她干点什么，可是我能想到的只是阿克斯顿军营的医院。不过有您在她的身边，玛莎会很高兴的。她也会感觉放心得多。我知道，她希望小家伙能在自己的房子里出生。到时候有您在，那真的是一种幸运。"

乔说："我想您总不会让六个孩子都挤在一间房子里吧。有时候小家伙们会非常调皮的。"

"我知道，"温特森笑了起来，"我有五个兄弟和六个姐妹。我们的确需要更多的房间，也会继续盖房子。我们计划盖一幢相当大的房子。"

爱玛和芭芭拉准备了午餐，等吃过饭后，温特森骑上他的那匹大马，胳膊下轻轻夹着爱玛的一只母鸡离开了。他放开马的缰绳，转过身来挥手告别。

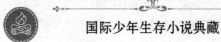

"我下个星期带玛莎过来。"他喊道。

乔一家人目送温特森远去,直到他消失在视线中。大家为他的离去而感到难过,不过他们也很开心。他们有了一个近邻,所以不再感到孤单。乔记得在密苏里州的时候,谁要是住在四千米之外的话,那可是相当远的距离。但这个地方不一样。这里地域辽阔不正是他们曾经渴望的家园吗?现在乔又多了一个遇事可以跟他商议的男人;因为附近多了一个女人,爱玛干起家务活来越发有精神了。因为将有新的客人参加她的婚礼,芭芭拉的眼睛放射着激动的光芒。

为了给爱玛造一个鸡笼,乔和埃利斯出去砍伐小树。乔看着自己的田地。还有很多的活要干,可是花在干活上的时间是那么有限。他想再次扶犁下地,想看着肥沃的土壤从地底下被翻上来,并体验着把新翻的泥土踩在脚下的那种感觉。可就目前而言,犁地的活儿还得等一等。不过,乔发誓,在冬天到来之前,他将至少犁出十亩的耕地,并且都种上小麦和黑麦。因为在这里犁地是很费力的一件事,所以乔并不指望能干出比这更多的活儿。不过,一旦荒地被深耕细作之后,再在熟地上耕种就不会很难了。在随后的几年里,他要多少耕地就会有多少耕地。他很好奇自己现在居然会用几年的时间来计划未来。在密苏里州的时候,他很少会考虑第二天要干的事情。

芭芭拉和埃利斯吃完晚饭后溜了出去。孩子们都睡下了,爱玛借着一盏油灯的光在缝补衣服。乔尽管筋疲力尽,但是他非常开心。他躺在一条木板凳上。以后这条板凳将被当作长沙发来用,直到他们有钱买得起一张更好的。他身上的钱以及他将挣到的所有的钱都要存起来,因为在冬天来临之后,他们将会大量购买自己所需要的东西。爱玛的针脚来回轻快地走动着,她把泰德的一件衬衫放到一堆已经补好了的衣服里面。

"你在那儿呆呆地想什么呢？"她说。

乔回答道:"你给我再多的钱也买不到我所想的东西,我正在想你啊。"

爱玛会心地笑了:"你思念密苏里州吗,乔？"

"谈不上。"

"你难道不愿意做点其他的事情吗？"

"你的意思是？"

"在密苏里州的时候,晚上你经常去坦尼店里散心,和那些男人们聊天。来这里之后,你就只剩起早贪黑地干活了。这样的生活难道不单调乏味吗？"

"哎呀,不啊！"他说,"我不感到乏味。我一天工作十六个小时只有一个原因,那就是要做的事太多了。等到明年一切就绪之后，我可以时不时地跟着埃利斯和泰德去打猎或是钓鱼。"

"难道你不想念在密苏里州的朋友吗？"

乔想起了在密苏里州他认识的那些男人：约翰·杰拉蒂、伽罗、皮特·多姆利、莱斯特·坦尼、珀西·珀尔、汤姆·阿本德、费勒斯·康普顿。他们每天晚上肯定还聚在坦尼店里嚼着舌头,可能在讨论着眼下随便一件什么事情。这个地方的附近虽然没有几家邻居，但取而代之的是可以与家庭中的每一位成员亲近。在漫长的旅途中,大家窝在一起的温馨时光,已经扎

191

根在每一个人的内心深处。这样的生活方式更加美好,也更加真实,乔知道他自己宁愿待在这个地方。

"我倒是想见见他们,如果这是你的意思的话。不过我是不会回去的。"

芭芭拉和埃利斯手牵着手走了进来,乔笑了。他们如此年轻,如此相爱,幸福就写在他们的脸上。

乔戏谑地说:"埃利斯,你最好还是松开她的手,睡觉去吧。我们明天要开始盖马厩了。"

"明天,"埃利斯说,"你必须自己一个人处理马厩的事了。"

"你抛下我不管了吗?"

"我要去一趟阿克斯顿军营,我要在那里见一个人。"

"什么人?"

"牧师。"埃利斯的脸上笑开了花,芭芭拉的脸红了,"我们将在十五号那天办婚事。"

"哦,亲爱的!"

爱玛站起身来,她把女儿紧紧地拥在怀抱里。乔笔直地挺着身子肃然地坐着,他有点儿焦虑,他对自己当前的心理状态感到好奇。芭芭拉和埃利斯的婚事,他从新年开始心中就有数了,可是只有到了现在,这件事才显得那么真切。乔接着开心地笑了。乔站起来紧握着埃利斯的手。

"好样的,孩子!哦!十五号!那只剩几个星期的时间了!"

"我们知道。"

芭芭拉和埃利斯站在一起,他们有点儿不好意思,有点儿心里没底的样子,不过他们看起来十分开心。乔坐下来想着心事。此时，作为新娘的父亲，他有一些需要尽本分的事情要做，不过他完全没有想起来那都是些什么事情。等这对年轻人单独在一起之后，他得马上问问爱玛，也许她会知道。不过乔能肯定的是，为孩子们准备结婚礼物是必不可少的。他绞尽脑汁地想着该送点什么，可是他想不出什么合适的东西来。接着，乔想到了亨利·温特森的那匹高头大马。埃利斯虽然有一匹肯塔基州的良种马，但是除了紧急的情况，那匹马应该只留着在乘骑的时候用。因此埃利斯需要一组马。也许温特森会把自己骑的马卖掉，或者他会根据情况出售多余的马匹。如果温特森不打算卖马，乔会承诺这对年轻人：等自己卖掉些农产品，在有了足够的钱之后，他会马上给他们买一组骡子。眼下，这对年轻人看上去好像没有一个在为结婚礼物的事情操心，他们相处得非常融洽。埃利斯可以自由地使用乔的两头骡子。

第二天，乔一个人干着活。临近黄昏的时候，埃利斯才从外面回来。牧师答应了十五号那天到他家里来，到时候一些士兵也会来。当芭芭拉在阿克斯顿军营做短暂停留的时候，那些兵哥们见过她。他们可不想错过亲吻这位新娘的机会。到时候肯定少不了一个聚会，芭芭拉和爱玛为此做了充分的准备。只不过围在房子周围的兵哥们已经变得很不重要了，乔认为，那正是情理之中的事。

正如亨利·温特森答应过的那样，在接下来的一周里，他带着年轻漂亮的妻子到乔家来串门了。夫妻俩乘着一辆由一匹高大的白马和一匹小一点的马拉的轻便马车来到了乔家。玛莎·温特森镇静自若，一副从容不迫的样子。乔立刻对她产

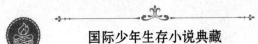

生了好印象。他知道有她在场的时候自己永远会感到轻松自在。

"您能到我家来，我真的很高兴，"他寒暄道，"见到您，爱玛会很高兴。快点进屋吧！"

还没等他把话说完，爱玛就从屋里出来了。她伸出一只手，热情地搭在来客的肩膀上。

"我叫爱玛，"她热情地说，"我知道您就是玛莎。您丈夫把您的情况都对我们介绍过了。好啦，您就直接跟我进屋吧，就像在自家里一样，用不着拘束，我给您冲杯咖啡去。"

他们进了屋。温特森朝马车走去，他从里面抱出一头被捆住了脚的，受惊的小猪崽。

"我把小猪崽带来了，"他高兴地说，"玛莎在看到那只母鸡之后，心里乐开了花，她说，'亨利，你为什么不给他们送两头猪过去呢？为什么要那么吝啬？'这都是她的原话。一个字也不差，她就是那样对我说的。不过我对她说，我们说好的可是一头，那就是一头啦，猪我给您抱来了。下一步您打算怎么办？"

乔拿定主意之后说："先把它关在马厩里。有时间了我就给它做个猪圈。你有整组的马或者骡子要卖吗？"

"你要它们干什么？你不是已经有一组骡子了吗？"

"是孩子们要。他们下周就要结婚啦。"

"天啊！"温特森感叹道，"我家里还有一匹黑马。那匹马没有白马高大，不过它很健壮，又能干活。五十美元，哦，算了，四十美元，你牵走吧！这次的情况特殊，孩子们婚后需要一个良

好的开端。"

"就这么定了。"

"你不用付我现款,"温特森说,"我身上的钱够用,我的庄稼长势也不错。如果你想在明年庄稼有了收成之后再付这笔钱也可以。"

"那样的话,你就帮我大忙了。"

"这事我们就这么说定了。当移民们开始从小道上经过这里的时候,您很容易就可以得到另外一匹马。那些淘金者常常会有脚痛的牲口,它们需要稍事休息,以便恢复体力。除此之外,他们也会进行交易。到那时候您就有了蔬菜,可以拿来和他们交换东西。很抱歉,我们不能留下来过夜。我对玛莎说过我们受到了留宿的邀请,可是玛莎还有很多事情要做。另外,她把那只母鸡当成了宝贝,她不能让它有任何闪失。真是气死人啦,那只鸡和我们一起在房子里过夜。"

"进屋吧。不如趁您还在我们家,我们抓紧时间好好聊一聊。"

泰德钓鱼还没有回来。埃利斯还在山上的林子里打柴,芭芭拉和他待在一起。四个年幼的孩子在同一时间看到了两个陌生人,他们被吓着了。玛莎·温特森坐在桌子旁边,爱玛四下忙碌着。

"她会穿我的婚纱的,"爱玛说,"来这里之前,我在不得不折叠婚纱的时候非常担心。我害怕婚纱可能发黄,不过现在它只是渐渐变成了淡乳白色。我认为那样甚至更好看一些。"

"它没有皱得不成样吧?"

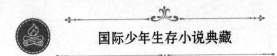

"没有。我在外面裹了一层纸，夹层里也都放了纸，然后我将它包在我的窗帘里面。等婚纱拿出来再挂着晾几个小时，皱纹就会被吹散的，太阳还能去掉樟脑的味儿。"

"我很想看看！"

"我本想拿给您看的，可是埃利斯随时都可能回来，在新娘穿上它之前，一定不能让他看到。在婚礼上的时候您会看到那件婚纱的。"

"到底是个什么样子呢，爱玛？"

爱玛压低了嗓门轻声说："白色缎面，镶着蓬松的短灯笼袖，袖口上缀着两只用白绢网眼布装饰的大长袖子，穿的时候扣紧在手腕上。头纱用的是瑞士细布料子，上面印的全是图案。还有一双白色短手套，前端也绣了花。婚纱上有一个地方缝补了一下，不过看不出来。我缝得可仔细啦。领口是低开的；腰围可瘦了，我穿的话就显得很吃紧，不过现在刚好适合巴巴拉穿。"爱玛回忆着往事，眼睛里闪着激动的光芒。

"她会戴帽子吗？"

"哦，戴帽子。我有一顶帕梅拉女帽，上面镶着一根蓝丝带，还嵌着一根彩色羽毛。我想那顶帽子现在已经过时了，不过它非常漂亮。"

埃利斯和芭芭拉回来了。爱玛赶忙换了个话题。玛莎·温特森起身拥抱芭芭拉，并转过一张笑脸在埃利斯的脸颊上轻轻吻了一下。埃利斯的脸红了，乔笑了。乔想起自己的婚礼，在婚礼上，当爱玛最好的朋友莎拉·汤利吻他的时候，他是多么的尴尬。他们共进午餐后，温特森夫妇离开了乔家。大家随后

在那间房子里忙着筹备婚礼。

　　乔抛下想去干活的一切想法，因为日后有的是干活的时间。温特森说得很对，这对年轻人必须要有一个好的起点。爱玛在想方设法弄到更多的装饰品。乔发现在迎来第一缕曙光之后，他还是睡不着觉。

　　乔手里拿着斧头，他从斜坡上慢慢晃悠到树林里。尽管在这个季节，大多数的野花都已经凋谢，但还是能采到散发着清香味的，结满球果的青树枝。爱玛想用青树枝装点整个客厅。婚礼上芭芭拉将拿着一束散发着爱玛的珍贵香水味的布花。快要进入树林的时候，乔像平时那样习惯性地转过身，自豪地看了看他的土地。他的心猛地停跳了一下。在西面，他估计大概也就是温特森家所在的位置，一柱不祥的黄色浓烟高高地飘到了天空。

第九章　围袭

乔站着不动，他看着冒出的那柱烟，试图分析冒烟的原因。乔心里充满了恐惧，他的嘴唇早就有些发干。乔看到的只有烟。乔肯定那不可能是山火，因为烟没有发生水平移动。温特森几乎也不可能在这个季节焚烧灌木。显而易见，是温特森家的房子起火了，可是他家的房子为什么会起火呢？会不会是一场意外的火灾？或者是迪斯穆克少校所重视的，但又被温特森所忽略的那些印第安人最后发起了攻击？乔走回到林中空地，他开始紧张地看着树林。如果印第安人发起攻击的话，那他们应该会从树林里钻出来。

　　乔觉察到内心升起的恐惧，他努力地克制着它。不管发生什么情况，他都必须冷静应对。惊慌失措不起任何作用。乔走进屋里，爱玛正在为家里其他人做早餐，她疑惑地看着乔。

　　"现在外面的情况不对劲啊，"乔平静地说，"我想温特森家的房子起火了，那可能是印第安人放的火。不管发生了什么，我们最好做好准备。"

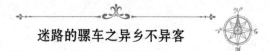
爱玛一脸的惊恐:"那个可怜的女人!"

埃利斯仍在屋外睡觉,他还没有进来。乔走到他的床边,摇了摇他的肩膀。

"埃利斯。"

埃利斯睁开眼睛,坐了起来。他有一种能立刻完全清醒过来的本事。"乔,你想干什么?"

"情况可能很糟糕。我敢肯定温特森家的房子着火了,我们最好做好准备,应对不速之客。快点进屋吧!"

"我马上就来。"

埃利斯坐了起来,开始穿衣服。乔制订了一个行动计划。他们的房子是一座坚固的堡垒,室外每一侧一百米之内的草,此前全部被割掉了,所以侵犯者无处可躲。泰德是一个优秀的射击手,埃利斯的枪法水平也很不错。所以任何因打错了主意而闯入他们领地的人,都会后悔不迭。乔走回屋内,兴奋得眼睛放射着光芒。这时泰德走过去问他。

"爸爸,他们就要来了吗?他们真的要来吗?"

"不知道。不过把你的枪准备好。"

"枪早已经准备好了!"

芭芭拉焦急地问:"埃利斯会来吗?"

"他马上就进屋。大家动作快一点。准备好所有能盛水的东西,并装满水。"

乔一家人把几个水桶,爱玛的锅碗瓢盆,甚至是一些盘子里都装满了水,并把它们存放在乔和爱玛住的卧室里。乔跑到菜地里,他把生菜、萝卜、洋葱和豌豆装满了一篮子,又把满满一篮

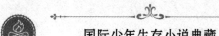

子青菜放进食品储存室,那里此前已经储存了一些食物。这时,埃利斯抱着柴火也进来了。他把柴火放进装木柴的盒子里。就当前而言,万一受到围攻的话,他们已经准备好了水、食物和燃料。

芭芭拉和爱玛都神经绷紧,不过她们还没有紧张到无法高效率地各司其职的地步。泰德和埃利斯已经知道了情况,泰德处于一种兴奋的状态。四个年幼的孩子不理解发生了什么事,他们只是觉得非常好奇。乔与内心强烈的紧张不安斗争着。

"把迈克领到家里来,"乔吩咐泰德道,"好好注意它的反应。如果它发出猎猎的低吼,并不停地吠叫,甚至毛发竖起,你就及时观察外面的情况。"乔又对埃利斯说:"注意观察狗。让孩子们坐下来,从每个窗口一遍遍巡视外面的情况。密切注视房子后面的情况,如果他们真来的话,肯定会从树林那边过来。如果来了,你们两个立即开枪——瞄准点啊。我会尽快回来的。"

爱玛用惊魂不定的声调问道:"你要去哪里?"

乔平静地说:"我要去看看温特森一家人是否遇到了麻烦。如果遇到了麻烦,我得出手相救。任何人都不要在房子外面跑来跑去,除非我们了解外面的情况。"

埃利斯急忙说:"乔,你留在家里。我去。"

芭芭拉脸色苍白,不过她说:"爸爸,让他去吧。"

乔犹豫了,不过他只犹豫了片刻。机会应该留给他的孩子们,芭芭拉本周内就要完婚了。芭芭拉和埃利斯还年轻,世界是他们。乔觉得,如果他没有回来,埃利斯会帮忙照看爱玛和孩子们,再说他年纪大一些,掌握着一些埃利斯所不知道的诀窍。

乔说:"没有时间讲究那么多。我要走了。"

爱玛忧心地说:"乔,你要当心啊。"

"我会小心的,别担心我。我也许会把温特森一家人带回来的。

"我会小心的,我想再说一遍,你们不要担心。神驹比任何印第安小马跑得都快。喂,大家记好啊,待在家里,睁大眼睛,该出手时就出手。我不会离开很久的。"

乔手里拿着步枪,腰里别着短柄小斧,他跨到室外,并关上了身后厚重的大门。他留神地听着那根木门闩落到恰当的位置时发出的声音,在听到门闩掉下去之后的声响,他开始朝马厩走去。他们把马厩建在斜坡下面。马厩离他们的房子距离要恰当,既要让圈栏发出的异味不会影响到他们,又能让他们随时可以对它进行防守,使得任何试图进入马厩的人,都在步枪的射程之内。乔转身把爱玛的小鸡锁进鸡笼,他抓起那头小猪崽夹在一只胳膊下。那头猪目前只是用一个栅栏围着,乔一直没有时间给它盖一座猪舍。

两头骡子疑惑地四处看着;埃利斯的马嘶鸣着,它在欢迎乔的到来。那头温和的奶牛从容地咀嚼着干饲料草,乔把小猪崽放下来。猪崽立刻溜进牛棚,并藏在牛槽下面。乔给埃利斯的马装上辔头,但没有装马鞍。他习惯骑在马的光背上,而且很喜欢那样骑马。乔把神驹从马厩牵出来,并拴上门。

当所面临的情况生变时,乔一动不动地站了一会儿,嘴角泛起淡淡的微笑。乔·托尔策马向前,他要去帮助温特森击退敌人。由于某种原因,乔想起了比伯斯·汤利以及他所吹嘘的在亚利桑那州与八个阿帕奇人战斗的事,他想知道如果现在比伯斯在这里,他会怎么做。乔猜测比伯斯或许会以最快的速

度,骑马直奔阿克斯顿军营求援。

假如吉姆·斯内德克在这里的话,乔会很高兴的,因为他肯定知道该怎么做。在这种情况下,乔不得不承认,吉姆比他懂得更多。他到俄勒冈来是为了种田,而不是为了与印第安人交手。不过,如果印第安人发起了攻击,他将不得不和他们战斗。乔是一个有经验的猎人,他知道如何在矮树丛中偷偷摸摸地行走。如果有必要,他将放弃神驹,把马牵到树林里去,他不能确定这次要是埃利斯骑马支援温特森的话,他是否也会那样做。乔在思量去温特森家的最佳方法。

乔从未去过温特森的家,不过现在他真希望自己曾经去过,那他可能就会知道一条去他家的捷径。乔所知道的全部信息,只限于温特森曾经对他说的那些话。温特森说过他在他的马车第六次坏的地方盖了房子。因此,这样一推算,他把房子建在俄勒冈小道的旁边是合乎情理的;而找到他的房子最可靠的办法,就是沿着小道骑马前进。乔催促神驹飞奔起来。

俄勒冈小道两侧的树木看似平静,仿佛不可能发生什么暴力事件。但是离这里不远处,一个男人和一个女人为了寻找新的希望和新的梦想,他们跋涉三千米的路途,此时可能正眼睁睁地看着那些希望和梦想化为泡影。神驹的脚步放慢了一点,乔再次催马疾驰。

乔绕过一个弯道,他看到了两匹朝他奔来的马。它们是温特森的白色大马和小马。玛莎·温特森正驱赶着它们一路狂奔。不知道是什么原因,玛莎仍然不嫌麻烦地带着她的那只珍贵的母鸡。她的丈夫蹲在马车座位上,手里拿着步枪向后看。距离马

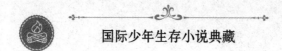

车几米远的后面，跟着一匹没有缰绳的黑马。乔没有下马，他让自己的坐骑绕过猛冲过来的两匹马，并跟在马车的后面。

"让马继续前进！"乔喊道，"我们为你们都做好了准备！"

乔没有多说，因为现在不是说话的时候，不过他现在啥都明白了——正如乔一提起印第安人，迪斯穆克少校就知道他想表达的意思那样。那一柱烟，奔驰的三匹马，温特森脸上的愤怒，还有他胳膊上的鲜血，都充分证明了他之前的猜想是正确的，温特森家遭受了攻击。乔回头顺着小道看了一眼，他仿佛想看到有一群追敌的战士，不过他什么也没有看见。

玛莎·温特森熟练地让她的三匹马驶离小道，并走入草地。她让两匹马急停下来。那匹黑马转动着惊恐的眼珠，它挤到乔的跟前，似乎在寻求他的保护。埃利斯、芭芭拉和爱玛从房子里走了出来，爱玛负责照料玛莎·温特森。

"你没事儿吧？"

"我当然没事！"玛莎的眼睛闪着光，"我不想让你震惊得晕过去，或是有任何类似的情况发生！噢，我很高兴能把这只母鸡一起带过来！"

"那好，你直接进屋吧！我们所需要的一切家里都有，男人们也会跟你们待在一起的！"

温特森、乔和埃利斯把两匹马从马车上解下，然后把它们牵到马厩里。那匹黑马跟在后面，马厩门一开，黑马就挤了进去。他们把两头骡子关在一个圈栏里，又把两匹马各自关在其他的圈栏里。埃利斯给马槽添了些干草料。乔朝温特森转过身去。

"发生什么事了？"

"天一亮印第安人就来了！"温特森恶狠狠地说，"那只母鸡开始'咯咯咯'地叫了，把我吵醒了！我看到一个家伙透过窗口往里看，于是我随手抓起一个东西朝他砸去！碰巧我抓到手上的是一只夜壶！等我摸到步枪的时候，他跑掉了！我带上玛莎，在我们给马套上挽具的时候，树林里冒出了更多的印第安人，他们开枪打伤了我的胳膊，然后我们就逃脱了！"

"他们有马吗？"

"他们可能在某个地方藏了一些马！我估计当他们来袭击我们的时候，他们可能把马留在身后的树林里！我开了一枪，但是我想我没有打中！"

"有多少印第安人？"

"我看到至少六个，不过我想肯定不止这些！那些家伙一般不会发起攻击，除非他们的人数与对方的至少是十五比一！我要再有一支步枪就好了！现在我们有三个人！我们回去把那些家伙一锅端了吧！"

乔温和地说："难道你要让这些妇女、儿童脱离我们的保护吗？"

"你说得对！我想你是对的！都怪我快气疯了，什么傻事都干得出来！"

"他们烧了你的房子。我看到了浓烟。"

"那也许是他们不急着追过来的原因。他们正忙着打劫呢！我想他们肯定已经把我的奶牛和那些猪都抢了，不过这三匹马我算保住了，玛莎把她的母鸡也带了出来。那真是一只命大的母鸡啊！即使给我一座农场换这只母鸡，我也不换！"

"你最好过来把那只受伤的胳膊包扎一下。"

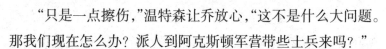

"只是一点擦伤,"温特森让乔放心,"这不是什么大问题。那我们现在怎么办?派人到阿克斯顿军营带些士兵来吗?"

"太危险了。"乔做出判断,"一个人去可能会遭遇伏击,现在我们有四支步枪。我们最好是就地抵抗。"

"谁有第四支枪?"

"泰德有第四支枪,他还是一名优秀的射击手。那孩子能在一百米之内打掉猫的胡须。你带了很多子弹吗?"

"只剩子弹袋里的那些了。当时我们没来得及多抓一些。"

"嗯,我们有铅坨和弹匣,可以给你的步枪配一只弹匣。我们还是进屋去吧,免得那些女人为我们担心。"

与其说玛莎·温特森受了惊吓,不如说是愤怒。她把卡莱尔抱到腿上,然后叙述起他们家被袭击的经过。芭芭拉和爱玛仔细地听着,三个年幼的孩子也静静地站在一旁听着。因为年龄太小,孩子们还不明白到底发生了什么,他们能理解的只限于发生了某件不同寻常的事。泰德看上去非常兴奋,他正坐在壁炉前,在一只勺里熔化铅坨,为他的步枪铸造子弹。

"你的子弹够用了,"乔提醒他,"给我们几个也留些铅坨。"

"可是,如果是一大群暴徒怎么办?"

"那大家免不了要开枪射敌。"

玛莎站起身,尽管身材臃肿,但她依然轻盈,她优雅地走着,来到她丈夫面前。

"喂,亨利,让我来帮你处理一下那条胳膊,"玛莎的声音里暗暗带着几分歉意,"在这之前,我没有时间顾得上你。"

玛莎解开亨利的衬衫纽扣,并帮他脱掉衬衫,露出一条血

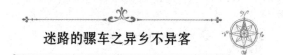
淋淋的胳膊。子弹从手臂一侧穿过,没有伤到大块的肌肉和动脉,只是皮肉伤。玛莎把凝固的血迹洗干净,把一块冷敷布放在仍在流血的伤口上。

"您能给我拿点威士忌来吗?"玛莎向乔请求道,"这道伤口需要消毒一下。"

"我们家连一滴都拿不出来,"乔坦言道,"我根本就没带。"

爱玛说:"我有。"她把手伸进行李箱,拿出一只棕色的瓶子,她看了看一旁的乔说道:"我把它带来就是为了应急。"

"谢谢你,爱玛。"玛莎·温特森噘起嘴,她把布的一边用威士忌浸湿,接着她说,"喂,这玩意可能会让你有种刺痛感。"

当她的丈夫咬紧牙关,绷着脸的时候,玛莎在伤口上抹了威士忌。

"那颗子弹没把我伤得怎么样啊!"

"喂,你别孩子气啦,"玛莎埋怨道,"过一会儿你就感觉不到痛了。"

"或许我会什么也感觉不到了。"亨利嘟囔着。

玛莎在伤口上绑了一条干净的绷带,亨利又把脱下的衬衫穿上。亨利不安地徘徊着,他朝窗外看。他满脸的怒气。亨利·温特森珍爱自家的房子,他觉得没有人能在毁坏房屋之后不受惩罚就一走了之。

"但愿他们会来,"亨利紧张地说,"但愿他们会来。我在离开佛蒙特州的那天,我哥哥伊诺斯说,'亨利,如果遭到印第安人的攻击,你打算怎么做?'这都是他的原话。一个字也不差,他就是那样对我说的。'要是遭遇印第安人的攻击,'我回答

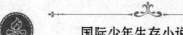

说，'我会狠狠地揍他们一顿。'哎呀，但是这次我没有做到，不过我打算那样做。"

乔担心地说："你也许很快就有机会。"

乔认为这一切也许都不是真实的。这也许是一个所有人都参与的游戏，当游戏结束时，温特森一家又会把那两匹马套上马车，然后回家去。当印第安人准备进攻的时候，吉姆·斯内德克也许会等在像这样一座房子里，不过这些事情没有那么巧也发生在乔·托尔的身上。然而现实的状况迫使乔不断提醒自己，这些事情即将发生在乔·托尔的身上。乔打了一个寒战。

"嘿，爸爸！"泰德轻松说，"快看迈克！"

那条狗一动不动地站着，它是那么警觉，它的鼻子在四处探索着。迈克移动了一步，好像在证实有某些难以捉摸的东西正悄悄地靠近他们。它颈部的毛竖了起来，它喉咙里发出咕噜咕噜的低吼声。迈克朝房子的后部看过去，当有人帮它打开门之后，迈克轻轻地走进后面的一间卧室。与此同时，他们听到了一声枪响，一颗子弹啪嗒一声打进了外侧的原木。

恐惧与紧张都不见了，乔只感到自己胸中腾起一股可怕的怒火。这是他的家。这座房子是他亲手建造的，现在它却面临威胁。他必须不惜一切代价让它避开那种危险，绝对不可以让敌人闯进来。步枪备好了，乔从后墙的一扇窗户向外窥视。

除了草地上的那道割痕，远处的那些茂盛的牧草，以及小山顶上的绿树，他什么也看不见。那仿佛是一个幽灵打出的一发实弹。接着，那片茂盛的牧草稍有起伏。温特森通过另一个窗口向外瞄准并开了一枪，牧草的起伏停止了。

乔问道:"你朝什么开枪?"

"我没有看到任何印第安人,"温特森让乔相信自己说的是实话,"可是也看不出有其他小动物。不过呢,草自己是不会动的。"

"你认为你打中了吗?"

"没有,"温特森伤心地说,"我想没有打中。我们……"

"乔!"

爱玛的声音里带着极度的恐惧。当乔走到房子的前面的时候,他看到女人们正从屋里朝外看。在小溪对岸的斜坡上,有十六个印第安人站在草地里。他们有的斜靠在他们的长步枪上,有的把长步枪拿在手里,好像有一种藐视、侮辱的意味。其中一个家伙穿着可能是从某个移民那里抢来的黑色套装,此外有的穿鹿皮装,有的穿着流苏衬衫,有的腰部以上一丝不挂。他们之所以那样堂而皇之地站着,是因为他们知道自己站在步枪的射程范围之外。

亨利·温特森小声地说:"他们在那里!"

温特森把他的步枪穿过窗台停靠着,他花了很长时间瞄准,然后扣动了扳机。这时,一个印第安人猝然笨拙地歪倒,好像他脚下一滑,踩在了什么东西上面,接着笨拙地坐了下来一样。其余的印第安人跑回林中的窝棚里,受伤的人片刻后站起来也跟在后面走了。温特森的声音里带着一种满足感。

"他们打伤了我的一只胳膊!这样也算扯平了!"

"你瞄准什么地方的?"乔问。

"瞄准高出他头部约十厘米的地方。那个高度导致中枪的地方还是太下了点。要是我再瞄高一点就好了!"

　　小屋后面传出连续的枪响。埃利斯向前慢慢走了两步,转身对其他人笑着,但他挤出来的仅仅是一个傻傻的咧嘴笑。鲜血顺着他的头部一侧汩汩地流了下来,这让他的头发看起来像海豹的毛皮一样滑溜溜的。鲜血染红了他的脸颊。当埃利斯向后跌倒的时候,乔扶住了他;这时,温特森放下手中的枪。芭芭拉倒吸了一口凉气,他跪在爱人的身边。

　　芭芭拉脸色苍白,一双眼睛里闪着恐惧和震惊的神色。当她温柔地把埃利斯的头靠在自己的大腿上的时候,她的眼睛里还夹杂着愤怒。此时,埃利斯的血染红了她的裙子。爱玛拿着冷敷布走了过来,芭芭拉从她手里接了过去。芭芭拉的声音低沉而颤抖。

　　“让我来吧,妈妈。”

　　芭芭拉温柔地俯身,把冷敷布放在埃利斯的头上。在此之前,只要是芭芭拉喜爱的什么东西受伤了,她总会躲起来;现在当她所爱的人受伤时,她却勇敢地站了出来。

　　乔局促不安地说:“我们把他移到床上吧。”

　　但芭芭拉斩钉截铁地说:“谁都别动他!”

　　芭芭拉用冷敷布吸干了埃利斯头上汩汩的鲜血,爱玛又给她拿来一块干净的冷敷布。乔、温特森和泰德去了房子的后面,但是他们看到的仍然是那片被割过的草地,那些高高的牧草,以及那片树林。在斜坡上面的树林里,一个袭击者叫嚷起来,大概是在通知对面山上的什么人。乔皱起了眉头。

　　像乔他们这样一窝蜂地拥到一个印第安人出现的某个地方是一种错误的做法。因为这样一来就让其他的三面墙处于无人防守的状态,他们必须想出更好的防御方法。此外,还有一种致命的危险需要他们注意。那就是子弹虽然打不穿原木，但可以穿透墙上的裂缝或是窗户。

乔叫道："爱玛，你让孩子们在地板上待着可好？你们女的最好也到那里去。你们就躺在窗台原木的后面，那样子弹就打不到你们。"

爱玛说："好的，我马上带他们到那里去。"

"我们最好稍微改变一下应对的策略。泰德，你守着北侧，亨利，你想守在前面还是后面？"

"我守前面！"温特森吐出这几个字，"他们可能还会发起新一轮的袭击，我相信下次我一定能打中他们。南边墙谁来守？"

"我们中的一个必须时不时溜到那边去观察敌情。"

芭芭拉平静地说："妈妈，你能帮我拿一个枕头吗？"

爱玛拿来了枕头，芭芭拉轻轻地把埃利斯缠着绷带的头从自己的大腿上挪到了枕头上。当埃利斯烦躁不安地呻吟并被移动的时候，芭芭拉一边站起来一边长时间低头看着他。然后，芭芭拉拿起埃利斯的枪向南边墙走去。

"鲍比！"乔制止她。

"埃利斯教过我怎么打枪，爸爸，我守南边墙。"

乔虽然着急地看着芭芭拉，但他一句话也没说。孩子们趴在客厅铺着原木的地板上，接着紧紧地蜷缩起身子。不过爱玛和玛莎·温特森是围着餐桌静静地坐着的。女人们有了男人来为她们守护小屋。如果其中一个男人突然需要帮助，爱玛和玛莎·温特森都不希望自己是从地板上爬起来的。乔守在后墙的一扇窗户的边上。

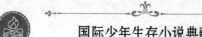

　　乔用他认为的最明智的排兵布阵的方式部署好了他的人员。因为他相信印第安人会来的,当他们来的时候,他们也许会从后面的树林里出来,然后走下斜坡。乔守在那里是对的。这是他的房子,他是御敌、保家责无旁贷的那个人。乔担心巴巴拉和泰德,不过他觉得敌人袭击他们中任何一方的可能性最小。温特森十分适合守在前面。在这之前,他已经表现出了对距离远近的判断力,以及打中他想瞄准的目标的能力。

　　在外面那片被割过草的地方,一只蚱蜢展开懒洋洋的翅膀,飞到离出发点十五米开外的一个地方。一只知更鸟此前也许一直歇在房顶上,它向下朝一只昆虫猛扑过去,并把它叼走了。一只只黄鼠来来回回急匆匆地奔走着。一只乌鸦飞落到田地里。田间地头什么变化都没有,这一天与平时任何一天都没有什么两样。让人很难相信的是,就离那片被割过草的地方的不远处,躺着的一群男人——如果有可乘之机的话,他们会杀死屋里的每一个人。乔的目光游移到更远处的那片茂密的草丛。他的注意力集中在某一个地方。

　　乔认为他看见了一片草在那里晃动。那是极其轻微的移动,随后静止下来。乔让绷紧的肌肉放松。在这之前,乔从未动过要开枪打死另一名男子的念头,连在这一刻之前他都认为自己不会那样做。但是他被可怕的愤怒冲昏了头脑,他真的下得了狠手剿灭这帮家伙。草又动起来了,乔不再怀疑,他知道草里面隐藏着什么不该有的东西。他后撤一步,瞄准,开枪。一个爬行的印第安人跳起来,以至于躯干暴露无遗,接着又倒在了地上。那片草再也没有晃动了。

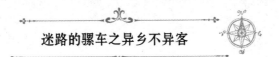

"你打中他了吗？"泰德兴奋地喊道，"爸爸，你打中他了吗？"

"估计没有吧。"

乔试图保持镇定，但他的声音显得既紧张又不自然。因为他消灭了一个企图谋财害命的敌人。在对儿子提起这件事情的时候，他极力保持着一种谦虚的姿态。

"我想我听到了一声枪响！"

埃利斯坐了起来，沾满血污的绷带与他的黑头发形成了奇怪的鲜明对比。埃利斯待了一会儿没动，他盯着只有他看到的某样东西。在这之前，子弹紧贴着他的脑袋飞过，留下一道伤口，他因此而吓晕过去。芭芭拉离开她守卫的南窗，跪下来用手臂拥抱着他。

"埃利斯！你躺下来！"

"我……鲍比！你是从哪里来的？"

"请躺下！"

"我……哦！现在我明白了！"

当埃利斯颤抖着双脚站起身的时候，芭芭拉的手臂还缠在他身上，埃利斯摇晃着，接着恢复了平衡。他伸出一只手把绷带往上推了一点，然后不可思议地看着沾在手指上的血迹，觉得这好像是一件让人惊讶的事情。

他说："他们打伤了我！"

爱玛和玛莎急得团团转。乔说："埃利斯，你最好躺下来。"

"我……我现在没事了。鲍比，给我步枪！"

她强忍着不哭，急忙说道："埃利斯，不行啊！"

"我现在没事了。我去守南边墙。"

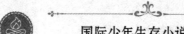

芭芭拉坚决地说："我们一起去守南边墙。"芭芭拉紧紧地贴在他的身边，以防埃利斯突然需要她的帮助。

时间缓慢地流逝着。温特森把步枪挎在臂弯里，他来到乔的身边站着。温特森凝视着那片茂密的草丛。

"你看到什么了吗？"

"已经有两三个小时没有动静了。你认为他们走了吗？"

"不，他们没走。"温特森毫不犹豫地说，"他们不喜欢贸然出击，更不会把自己暴露在光天化日之下。他们一定就躲在远处的那片灌木丛里谋划着某个新的勾当。当他们想出突袭之策的时候，就会用来对付我们。

"也不知道他们可能会耍什么花招。你觉得今晚我们中的一个人应该试着溜出去，去阿克斯顿军营求援吗？"

"那得冒巨大的危险，他们人多势众。我们可以再多撑一天。后天是十五号，到时候牧师和一些士兵会从阿克斯顿军营赶过来。我们可以不用冒险的话，何苦干那等傻事呢。"乔说。

"说得有理，"温特森让步了，"好吧，接下来我再来欣赏一下你这边的一些风景。也许我会逮着一个机会的。"

在整个漫长的下午，没有出现任何动静。借着天黑前最后一个钟点的暮色，几个女人准备好了晚餐并端了上来。大家吃着晚饭。此时，即将熄灭的余火散发出来的光投进了屋里。乔再次想知道眼前的一幕是否属实。没有一种迹象与他所预想的印第安人的突袭方式相符——没有出现他以为的密集飞射的子弹以及野蛮的行动。到目前为止，总共没有听到十二声枪响。

接着，乔肃然地看了一眼埃利斯缠着绷带的头。事实足以证明现实的残酷。

他们从床上拿下床垫,铺在地板上。孩子们或是困了或者感到有点无聊,他们在子弹无法打到的地方蜷缩起来。乔走回他把守的那扇窗户旁边,他看到一弯淡淡的月亮,像是被无形的线拴住挂在天上。月亮发出微弱的光,当乔看到一个印第安人在朝小屋上面爬的时候,他的身子僵住了。不过再细看一番之后,他才知道那只是一个影子。

"我们什么都没看到!"泰德叫着说,"爸爸,你认为他们今晚会来吗?"

"不知道。你是不是最好歇一歇,睡一会儿?"

温特森轻声打起了招呼:"乔。"

乔走到屋前。他看到前方马厩那里出现了一星闪烁的亮光。那点光越来越大,几秒钟之内,它就变成了欢跳的火焰。乔觉得自己的身体僵直,他的愤怒蹿到了新的高度。但是除了无助地站在那里查看局势之外,他什么也干不了。

"现在马厩里不会有牲口了,"温特森很肯定地对乔说,"这些恶魔会把它们一起掠走的。"

"我……"乔紧咬牙关。

"我知道你在想什么,你不必说出来。"

他们看到火势越来越猛,听到烈焰发出噼里啪啦的声音。乔家的房子与马厩之间整个儿被火光照亮了。火星子腾向天空,接着逐一熄灭。大火烧透了用盖屋板铺的马厩的屋顶,并变成了熊熊燃烧的明亮的火焰。接着,马厩的屋顶掉了下来,并腾起一大片纷纷扬扬的火星子。

"这帮贼人真够滑稽的，"温特森说，"一群地地道道的跳梁小丑。"

"我家的骡车怎么不见了？"乔问。

"你说什么？"

"他们已经把骡车劫走了！"

温特森咕哝道："任何手能挨到的东西都会被他们抢走的。"

乔回到他把守的那扇后窗，凝视着窗外的黑暗。此前他一直没有睡觉，不过他也不感到困倦。他仍是义愤填膺全神贯注地盯着每一个阴影。

夜晚一个钟头接一个钟头地拖着迟缓的脚步，时间显得如此漫长。黎明终于悄悄地来临了。

泰德叫道："爸爸。"

"什么事？"

"骡车在那儿。"

乔越过儿子的肩膀凝视着。在远处山谷的上面——那是一个步枪绝对不可能打到的地方，骡车顶上的篷布在明亮的晨光的照耀下白得刺眼。骑在马背上的印第安人正用绳子拉着那辆骡车，乔感到浑身上下都不对劲。那是一辆从密苏里州出发，越过草原、山丘、河流和山脉，把他们一路带到这里来的骡车。那辆骡车曾是他们的家。现在它被人塞满了从干草垛里取来的干草。在这之前，那些杀人越货的家伙们，肯定费了一整夜的功夫才把骡车弄到了那个地方去。现在，他们要做的就是把车拉上斜坡，找到一处正对着乔家房屋的位置，然后点燃那些干草料，让骡车从斜坡上滚着冲下来。那样他们不必让一人露面就可以烧毁房子,而那些房屋的守卫者将会任其摆布。

温特森和埃利斯来到乔的旁边站着,他们看着不可能发生但实际却发生了的一幕。骡车偏转了方向,侧向一旁不动了,乔的心一阵狂跳。但是印第安人再次将骡车扶正,他们野蛮地用鞋后跟蹬着坐骑的肋骨,让它们用力拉车。骡车被慢慢地移到了山上面。乔强忍着咽不下的那口气。他朝爱玛和孩子们看了看,又对玛莎·温特森看了看,接着坚定地大踏步走向房子的后面。

但是他没有看到骡车的影子。一时间他怀着一个奢望——骡车的一个轮子已经坏了,或是被林木挂住了,而且那些印第安人无法挪动它。太阳升了起来,一点点温暖着草地,乔依然盯着山上看。过了很久之后,他看到了自己曾经祈祷不想看到的一幕发生了。骡车帆布篷顶在一片树木映衬下,现出了它三分之一的轮廓,而且一股烟正从那里冒出来。乔扭头看到温特森和埃利斯站在他的左右。

乔不确定地说:"骡车可能偏离了撞击我们房子的轨迹。"

但是乔知道那种情况是不可能发生的。那些围攻者们逮到了这个难得的机会,他们是不会轻易放弃的。

乔的手紧紧地扣着枪栓,有那么片刻,他觉得自己刚才肯定开了一枪。不过,那一声枪响是从小山上传过来的,而且是在骡车的附近响起的;接下来是一阵枪声,子弹齐鸣,再接着是几支左轮手枪发出的声音。

他们等待着、琢磨着,十五分钟之后,当起火的骡车继续冒着烟的时候,他们看到一队骑兵从山上走了下来。一共九个人,他们骑在马上,让马走着前进。他们把乔的两头骡子以及埃利

斯和温特森的几匹马聚在一起,并让它们走在他们的前头。

乔小声说道:"我的天啊!"

这是一声祷告,而非诅咒什么。乔推开门走出去迎接那些骑兵,他们的出现让乔觉得太意外了。

"我跟你说过我会来的!"邓巴警长喊道,"我说过,等我的兵役期满了就会过来! 我带了一个马车队过来,在阿克斯顿军营,我们得知你们在这里。我们闻到了烟味,推测可能发生的一切。"

亨利·温特森一边搂着玛莎,一边站在乔的身后,他和乔的脸上都绽放出笑容。爱玛出来了。四个年幼的孩子张开双臂朝这个男人跑了过来。这个人曾是他们在拉勒米军营时的玩伴。透过小屋的门,乔瞥见芭芭拉和埃利斯在甜蜜地拥抱。他咧嘴笑了——小两口还以为没人看见他们呢。

"快点下马!"乔欢呼道,"大家下马! 来,进屋吧! 你们的那些马车呢?"

"当警长发觉这里有印第安人后,就把马车抛在身后的小道上。"一个骑在棕色马背上的瘦高的肯塔基人说,"你瞧,这里看起来真是个好地方啊。这里的地全被你们圈完了吗?"

"还早得很! 如果你们想来的话,这里的空间可大着呢,人人都有一份。我们这里什么都有。样样都不缺,唯独少了那辆被烧毁的骡车。骡车被毁了,不过我们会弄一辆新的。"透过开着的门,乔再次向屋里瞥了一眼,他高兴地喊了起来——

"大家最好都留在这儿啊,至少明天在这里待一天。我们要举行一场婚礼!"